JN007470

転生少女はまず一歩からはじめたい 6

～魔物がいるとか聞いてない！～

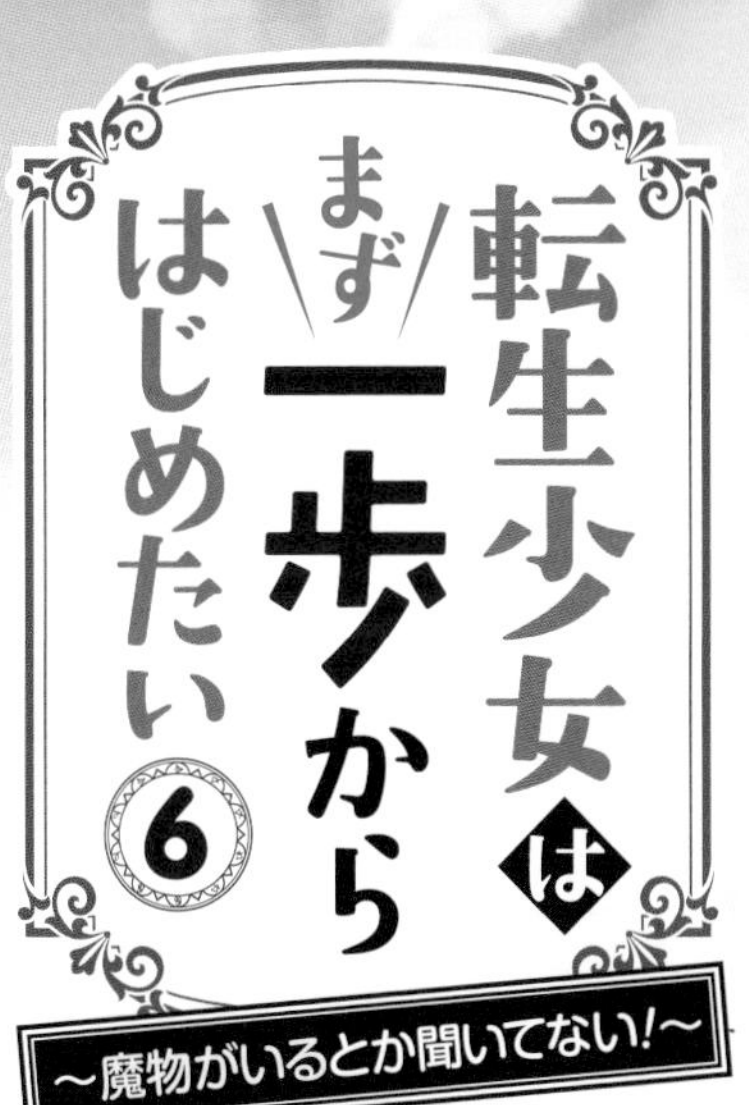

著者　カヤ　Kaya

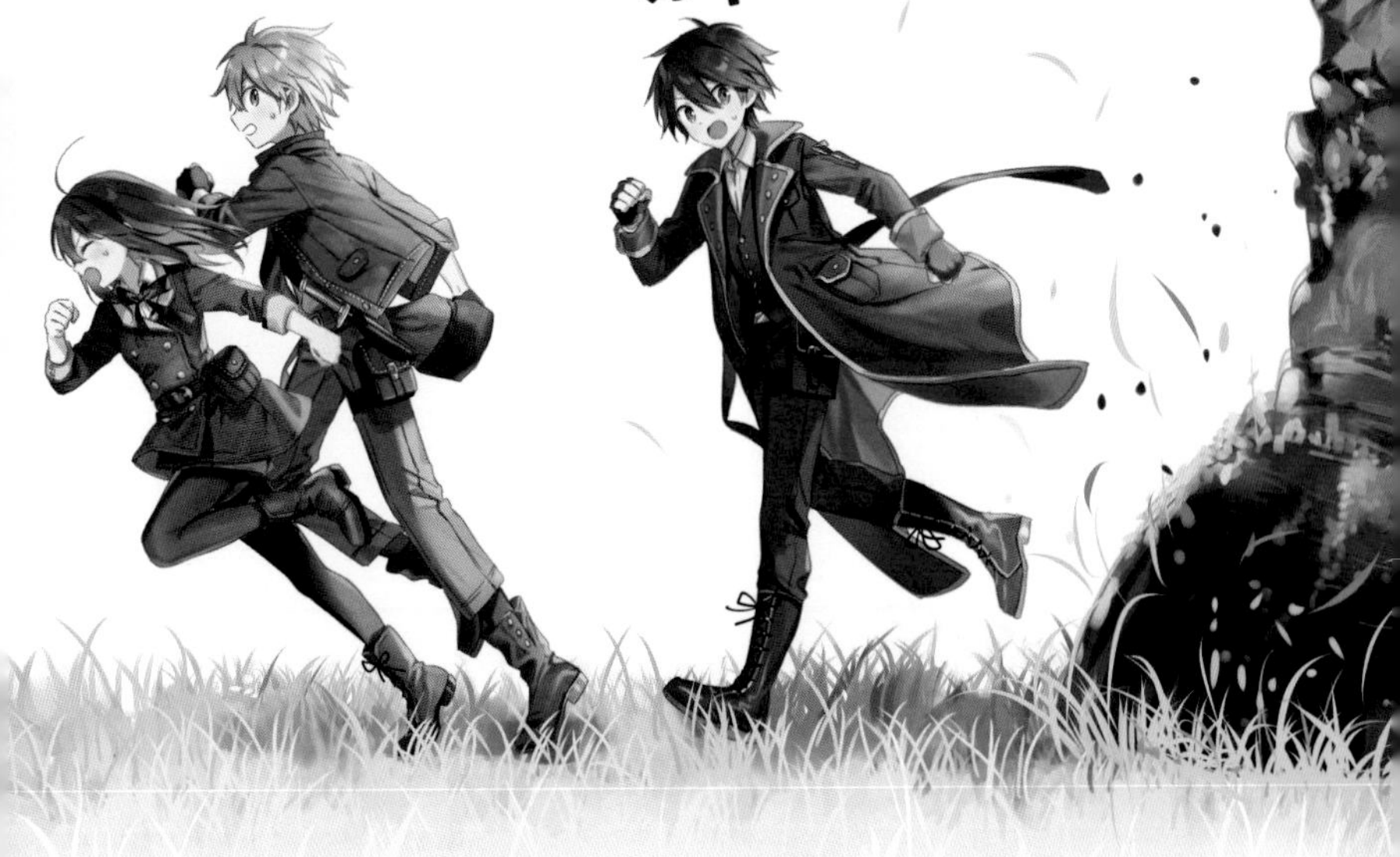

アレン
ノエル
サラ
Characters
キャラクター紹介

ブラッドリー
ハルト
クリス
ネリー
ヴィンス

Map
地図
魔の山
ローザ
東の平原
東の山々
カメリア
オーリアン
王都
ストック
ハイドレンジア
海
湖

Contents

プロローグ　ヘルハウンドが現れた

サラは今、春の日差しのもとで薬草採取をしている。そよそよと吹く風は冬の名残で肌寒く感じられるが、しゃがみこんで一生懸命採取しているサラの背中はぽかぽかと暖かい。

「魔物の心配がないって素敵。でもバリアは張っているけどね」

ここはハイドレンジア。薬師ギルドはお休みだというのに、こうしてせっせと薬草を採取している自分がりにサラはいる。領主でありネリーの父でもあるライオットのお屋敷の裏にある湖のほと働き者すぎてちょっと笑えるが、疲れない体って本当にいいなと思う。それに、そうして働いているのはサラ一人ではないのも心強い。

「サラ！　そろそろ休憩にしない？」

「いいね！　そうしよう」

ニコニコと声をかけてきたのは薬師仲間のモナである。

その向こうでヘザーも立ち上がった。

しかし、ニコニコと楽しそうな声をあげたのはその二人だけではなかった。

「いいですね。バスケットの中身が気になっていたんですよ」

声変わり前の少年の声が響く。

サラは声の聞こえたほうに体を向けると、まぶしくて思わず目を細めてしまった。

金髪に青い目の少年の笑みが、新緑と春の光の中できらきらと輝いている。それからこっそりと小さくため息をついた。その整った賢そうな顔を見ると、小さい頃のリアムってこんなふうだったんだろうかと思ってしまう。

「じゃあノエル、そこに敷物を広げてくれる？」

そんなサラの内心を知ってか知らずか、ヘザーが気軽に声をかけている。年下といえど伯爵家の子息であり、さらに宰相を父に持つノエルは、平民のモナやヘザーにとっては少々煙たい存在のはずだが、あっという間に打ち解けてしまっていた。

「わかりました」

貴族のぼんぼんとも思えぬてきぱきとした手つきで敷物を敷き、バスケットの中身を取り出して並べる少年はサラよりもほんの少し背が低く、まるで弟のようだ。それもそのはず、去年の秋一五歳になったサラより二つ年下の一三歳なのだから。

まるでピクニックのように、四人で昼食を囲んでいると、ハイドレンジアにいるはずなのに、まるで王都に派遣されているみたいと思うサラである。

思い起こすと、サラが王都に薬師として派遣されたのは、一四歳になったばかり、ついでに薬師になったばかりの秋のことだった。今から一年半ほど前になる。

モナとヘザーとはその時に薬師ギルドで知り合い、苦難を共にして仲良くなった。しかしその後は、サラはもう進んで王都に行く気はなかったので、せっかく仲良くなったけれども、おそらく二度とは会えないだろうなと思っていた。

思っていたとおり、次の年の渡り竜討伐にはサラは呼ばれずに済み、ハイドレンジアの薬師ギルドからは別の薬師が派遣された。

そして、冬も終わりという頃、なぜかその薬師の代わりにという理由で、王都から派遣されてきたのがモナとヘザーとノエルだったというわけなのだ。

モナとヘザーによると、サラの行った年の反省を踏まえ、薬師ギルドでもゆるゆると改革が行われ始めたらしい。とりあえず、むやみに王都に薬師を集めるだけではなく、人材交流と研修という名目で、王都の薬師を地方へと派遣することになったのだそうだ。

「候補地にハイドレンジアってあって、さっそく名乗りをあげちゃったってわけなのよ。なにしろ無料で行けるわけだし、カレン様がいらっしゃるし、ついでにサラにも会えるしね」

「私はついでなんだね」

正直な申請に苦笑してしまうくらいには打ち解けた仲なので、サラにとっては思いがけずとても嬉(うれ)しい出来事だった。だが、一緒に派遣されてきた新人薬師であるノエルには顔が引きつったものだ。なぜかというと、自己紹介されるまでもなく、サラがずっと悩まされ続けてきた宰相家のリアムに顔がそっくりだったからである。

そっくりもそのはず、ノエルはリアムの年の離れた弟で、一年前にサラに婚約を申し込んできた相手でもある。もちろん速攻でお断りしている。

そのノエルだが、去年サラが王都にいたときには薬師ギルドにいなかったはずなのだ。つまり、見習いですらなかった。だがその胸元には、サラがやっとの思いで取得した薬師の証(あかし)であるブローチがきらめいている。

おしゃべりをしながらも、サラがそのブローチにさりげなく目をやっていると、ノエルはにこっと微笑んだ。この兄弟は、顔と笑顔だけはいい。もっとも、兄弟共に胡散臭いのは変わらないなとも思う。

「二週間経って、やっと僕のことを聞いてくれる気になりましたか？」

「ううん。というか、うん」

「どっちなんでしょう」

ハハハと声をあげて笑うノエルに陰はない。モナたちがやってきてから二週間、サラは今までノエルのことを避けていたけれども、諦めて話を聞くことにした。

「昨年、ライオット伯のところに書状が行ったと思いますが」

しかし、のっけから薬師関係ではない話が来て、サラは思わず引いてしまった。ノエルはそれを見て苦笑しながらも話を続けた。

「僕は、サラの婚約者候補です。そのことなしには、僕については語れませんから」

「その件については、お断りしましたので」

サラは右手をパシッと前に出して言い切った。この兄弟に曖昧なことを言っても通じない。はっきり言うのが一番だ。

「ですから、今はまだ候補なのです」

自信ありげに微笑んでいるが、今どころかこれからも可能性はない。

「ですが、子どもの僕が、婚約者候補と騒いでいるだけではどうしようもありません。ちょうど進路に悩んでいたこともあり、薬師を目指すことに決めたのです」

「そんな理由だったんだね、ノエルが薬師ギルドに来たのは。確かに、サラがハイドレンジアに帰ったすぐ後だったよ」

ヘザーが感心したようにふんふんと頷いていている。

「でも待って。私、サラは騎士隊のリアムと婚約してるんだとばかり思ってた」

こちらはモナである。騎士隊にほのかな憧れを持つモナは、薬草採取の関係でリアムにも会ったことがあるから興味津々なのだ。サラは慌てて否定した。王都でそんな噂が出回っているなら由々しきことである。

「とんでもない。婚約する前にお断りしてるから」

「宰相家にとっては残念ながら、そして僕にとっては幸運なことに、そうなりました」

さすがリアムの弟だけあって、グイグイくるノエルに、サラは引きっぱなしである。

「宰相職は世襲ではありませんが、一番上の兄は優秀で次期宰相と目されていますし、二番目の兄はいずれは騎士隊長になるでしょう。三番目の僕は父にとっては思いがけずできた子で、いわば予備の予備。兄たちと違って将来の選択には比較的自由がききます。それならば薬師を目指すのも一興と、そう思いました」

予備の予備などと、さらりと怖いことを言っているが、自分の立場をきちんとつかんでいることにサラは感心もしたし、空恐ろしいとも感じた。それよりも気になったことがある。

「ってことは、薬師を目指したのは、えっと」

「ええ、昨年の春ですね」

「そしてそのバッジは？」

「ええ、昨年の秋にいただきました」

サラはぽかんと口を開けた。あの優秀なクリスですらなかなか薬師にならせてもらえなかったのではなかったか。

「すごかったんだよ。あっという間に知識を身につけただけでなく、調薬にもほとんど失敗しないし。一度見たことはすぐ覚える、まるでクリス様の再来だって」

「クリスと比べるなんてとんでもありませんよ。ですが、薬師になってすぐにクリスに教えを受けることができたのは幸いでした」

現役の若い薬師にとっては、クリスは憧れの対象らしく、呼び捨てが普通のこの世界でも敬意をこめてクリス様と呼ばれている。良く言えばクリスに厳しく教えを受けている、悪く言えばクリスのわがままに振り回されているサラは、そのことに少しうんざりしていた。しかしノエルはクリス様ではなくクリスと呼ぶ。このことでノエルの好感度はちょっとだけ上がった。

ちなみにサラだけでなくネリーも、この冬は指名依頼がなく、王都に行かずに済んだのだが、クリスはそうもいかず王都に出向くことになってしまった。

クリス自身は、渡り竜を苦手な香りで追い返すという作戦については、今回は騎士隊に任せるつもりだったはずだが、それに薬師ギルドが待ったをかけた。薬師であるクリスの成果をやすやすと騎士隊に渡すのは薬師ギルドとして納得できなかったらしい。

それで結局はクリスはこの冬も、作戦への指示出しと監督のために王都に行かざるをえなかったというわけである。

「ネフと離れたくない」

と散々ごねた後、しぶしぶと王都に旅立っていったのが昨年の冬の初めで、モナとヘザー、ノエルを引率して帰ってきたのが今年の冬の終わり、つまり二週間前ということになる。

ともあれ、要するに、ノエルは半年ちょっとで薬師になったことになる。そして、王都で数ヶ月修行してすぐにハイドレンジアにやってきた。

「半年で勉強して実践までできるようになったなんて優秀よね」

サラは素直に感心した。サラも別に、対抗意識やなにかがあったわけではなく、単に事情を知りたかっただけなので、称賛の言葉は簡単に口から出てきた。

「それにしても、クリスでさえなかなか認められなかったと聞いた気がするのに、本当にすごいよ」

ノエルはサラの言葉を聞いても首を横に振った。

「おそらく僕は覚えがいいほうでしょう。ですが、これだけ早く薬師になれたのは、それこそ運とクリスのおかげなんです」

「クリスのおかげ」

サラはそこが気になりオウム返しにした。

「はい。そもそもクリスのおかげで、実力のある者の足を引っ張っても損をするだけだという考えが、薬師ギルドに浸透したんです。今まで当たり前だと思っていた慣習も次々にひっくり返していくし」

それはクリスらしいとサラはうんうんと頷いた。

「そういう前例があることで、僕くらいの家名があれば、薬師になるのはたやすいことでした」

「いやあ、そんなことないよ」

サラは気安くノエルの膝をポンポンと叩いた。

「ローザでも、王都でも、身分差でものすごく待遇に違いがあるなということは実感してる」

サラはモナとヘザーのほうを見てしっかりと頷いた。ノエルが身分の恩恵を受ける側なら、平民のモナとヘザーは不利益を被る側だ。

「でもね、薬師になれるかどうかは、身分や知識だけじゃなくて魔力の扱いの巧みさもあるわけでしょ。私も魔力薬がなかなか作れなくて大変だったもの」

「そんなことはないです」

サラもモナもヘザーも、耳をちょっと赤くして照れているノエルを生暖かい目で見守った。

どんな言い訳をしても、宰相家から送り込まれた婚約者候補には違いないので、面倒な気持ちも大きい。だが、サラは正直にこう思っていた。

弟ができたみたい、と。

今までは、サラとアレンが一番年下で、大変な思いもしたが、皆に大事にされながら過ごしていた異世界生活だった。もっと言うと、体の弱かったサラは頑張っていたとはいえ、日本でも面倒を

見てもらう立場だった。

そんなサラに、自分より年下で面倒を見てあげる存在ができたのだ。部活動でいうと二学年下の後輩である。そしてサラは先輩なのだ。

「それよりほら、このゴールデントラウトのキッシュ、おいしいから食べようよ。成長期だからね」

「ご、ゴールデントラウト……」

「モナもヘザーもね」

高級魚におののく三人に、サラはポンと胸を叩いた。

「大丈夫。魔の山でたくさん獲ってきたから、在庫はあるし。それに」

「おーい、サラ！」

サラはその声ににっこり笑って振り向いた。

「アレン！　クンツ！」

屋敷に続く道から走ってきたのはアレンとクンツだ。この二年で二人ともまた背が伸びてしまって、サラはちょっと悔しい。アレンはまだやんちゃな感じが抜けないが、クンツはもう大人の雰囲気である。

「ゴールデントラウトがあるって聞いたら、そりゃダンジョンも早上がりしてきちゃうよな！」

「久しぶりだぜ、ゴールデントラウトは」

だが言っていることはまだまだ子どもでほっとする。サラはちょっと口を尖らせた。

「私の久しぶりのお休みくらい、ダンジョンに行かずに、薬草採取に付き合ってくれてもよかったんじゃないの？」

「そこはまあ」

「な？」

顔を見合わせて笑っている二人は、もうすっかりハイドレンジアのハンターだ。

「いえ、サラもお休みなのに薬草採ってますよね」

思わずというように突っ込んでしまったノエルに、アレンがへえっという顔をした。

「だいぶ馴染(なじ)んだみたいだな、ノエル」

よく知りもしない貴族相手にこの物言い、ちょっと失礼かもと思うサラだが、だが口の端がニヤリと上がっているアレンの顔を見て、おかしくてちょっとうつむいてしまう。

そして、わかる、わかるよ、と心の中で激しく頷いた。

サラと同じく、後輩ができて嬉しいのだ。

アレンもサラと同じく一五歳だが、ギルドには一二歳になったら登録できるといっても、本当に一二歳から登録してハンターとして頑張る子どもはめったに見かけない。

ノエルはハンターではないが、サラの後輩なので、つまりアレンにとっても後輩みたいなものというわけなのだ。

「それにしてもお前、リアムにそっくりだな」

いきなりそんなことを言うアレンに、ノエルはちょっと渋い顔をした。

「やっぱりそうですか。僕たち兄弟三人、母親似でそっくりらしいんですよ」

リアムは宰相である父親にも似ていたとサラは記憶している。つまり父も母も美しい人だということなのだろう。

「いいじゃん。リアムって顔はよかったたし、もててただろ」

「つまり、僕はあまり」

僕はあまり、とはどういうことだろうとサラは首を傾げた。

「いえ、兄は性格もいいし、女性にも人気だし、それはわかるのですが、僕は兄のその爽やかさが鼻についてあまり好きじゃないんです」

その言葉に呆気にとられたサラたちに、ノエルは慌てて言い訳をした。

「いえ、もちろん兄のことは大好きだし尊敬もしています。単にその部分だけがなんだか苦手で。だから、似ているとか言われるのはちょっと……」

「ハハハッ。気が合うな！」

サラは今度こそ慌てて飛び上がりそうになった。身内が身内のことを苦手と言うのはいいが、それに同意してはいけない。

「アレン！　もうちょっとその……」

「なんだ？」

アレンのこの明るさは救いでもあるのだが、ちょっと困ることもあるなあと思う。

アレンとクンツは、ノエルを挟んでどかりと座ると、ノエルの肩に腕を回してバスケットの中をのぞき込んでいる。

ノエルは親密な態度に慣れていないのか一瞬硬直したが、すぐに照れたように微笑んだ。そんな三人の様子に、サラはモナとヘザーと目を合わせて苦笑すると、口の中で小さくつぶやいた。

「アレンのほうがノエルの婚約者候補みたい」

「え、サラ。何か言ったか」

「言ってないよ」

サラはそう言ってニコッと微笑んだ。

「さあ、食べましょうよ」

年長らしくモナが仕切って湖のそばでの昼食が始まった。

サラは王都での薬草採取を懐かしく思い出す。

あの時はモナが部長みたいだと思ったのだったが、それは今も変わらない。サラは、バスケットを囲む皆を順番に眺めた。

当時三人だった部員は、今年新入生と同級生が一度に入部して六人になった。だからサラは今年はもう、下っ端ではない。そう想像するととても楽しい。

「うちでもゴールデントラウトなんてめったに口にできないんですよ。おいしいなあ」

ノエルが皿にのせたキッシュをフォークで切り取っている横で、アレンは手づかみで口に運んでいる。行儀が悪いかもしれないが、外での食事なんてそんなものだ。

「そんなお上品に食ってると、俺たちが全部食べてしまうぜ」

「それは悔しいです」

ノエルは恐る恐るキッシュを一切れ手でつかむと、えいっと口に入れた。

「おいひい」

もぐもぐと飲み込むと、

「三年ぶりでしょうか。前回は久しぶりに入荷したとかで、大騒ぎでしたから」

アレンがサラのほうを見た。

「それってサラがギルドに納めたやつじゃないか？」

「ああ、あの時の」

ヴィンスに頼まれて納めたゴールデントラウトが、リアムやリアムの家族の口に入っていたかと思うと不思議なものである。

「サラ、これおいしいわ！」

「なにこれ、なにこれ」

モナもヘザーも感動してくれている。

「招かれ人と知り合いでいいこともあるでしょ？」

「ほんと。優遇されちゃってるわ、私たち」

その素直な感謝に、サラは嬉しくなった。王都で招かれ人だと知られたとき、モナは、遠慮せずに優遇してくれていいんだからねと、茶目っ気のある笑顔で笑い飛ばしてくれた。それがサラの心をどんなに楽にしたことだろう。モナもヘザーも、一年経っても変わらずにそのままだ。

ゴールデントラウトの他にも、ライのお屋敷の料理人が工夫してくれたおいしい昼食を食べ終わると、空の食器を片付けて食休みだ。

「午後からも私たち、もう少し薬草採取していくけど、アレンとクンツはどうする？」

サラがそう尋ねると、座りながら湖にポイポイと石を投げていたクンツが振り返った。

「俺たちはダンジョンに戻るよ」

「また？」

熱心なことだ。

「そうは言っても、ネリーもクリスもダンジョンに入ってるだろ」

「うん。なんだかダンジョンの様子が気になるとかで、最近あんまり休みを取らないんだよね」

「ネリーは？　副ギルド長だしな」

「クンツ、詳しいこと知ってる？」

こういうときは情報通のクンツに聞いてみるに限る。ネリーに直接聞けばいいのだが、口下手で要領を得ないことがあるのだ。

「ああ、二年前さ、ニジイロアゲハの大量発生があったろ」

「うん」

あの時はサラもダンジョンに入って協力したのだった。

「あれから、ダンジョンの魔物の生息域が少しずつずれて、低層階の魔物が上層にまで来たりして、前の常識があてにならないって古参のハンターが嘆いてるくらいでさ」

「ふうん」

ネリーとアレンが基準のサラには、今一つわからないのだが、ヘルハウンドなどはなかなかに強い魔物らしい。それが一階にまでちらほらいるんだそうだ。

「サラもダンジョンに行ったからわかるだろ。階層の間には安全地帯があって、そこには魔物が入れないから安全地帯なんだ」

「うん？」

「わかってないな」

クンツはそうぼやくとしっかりとサラのほうに体を向けた。

「魔物はどうやって上に来てる？　自然発生でなければ、階と階との間の安全地帯をすり抜けてることになる。そんなことがあるか？」

安全地帯で休んでいるときに、急に下の階からヘルハウンドが顔を出したら？　サラはようやっと問題を理解した。

「安全地帯が弱くなっているってこと？」

「それがわからないんだよ。安全地帯で魔物と行き違ったハンターなんていないのが現状だし」

普段起きない状況がそこにあるということはわかっても、その原因はわかっていないのだという。

「危険な状況でもあるから、今はある程度の強さの……」

クンツはそこで言葉を切ってフッと口の端を上げた。

「ある程度の強さのハンターは、なるべくダンジョンに入って魔物を減らし、状況を観察してくれって言われてるんだよ」

初めて会ったときは初心者を脱したばかりだったはずのクンツだが、さまざまな経験を経てずいぶん自信をつけたようだ。

「そうなんだ。すごいね」

「まあね」

とりあえずすごいねと言っておけば間違いはない。実際にアレンと二人、若手では一番の強さのはずである。

話が区切れたところで、アレンがすっと立ち上がった。

「そういうわけで、しばらくはサラの帰る時間に戻ってこられないかもしれないんだ」

アレンの申し訳なさそうな顔に、サラは慌てて首をブンブンと横に振った。

「ハイドレンジアの町の中で何かがあるわけないいんだから。迎えは無理しなくてもいいんだよ」

ネリーもアレンも、ダンジョンから帰る時間がサラの帰りに間に合うようなら必ず迎えに来てくれるのだ。嬉しいが、ちょっと気恥ずかしくもある。

アレンがちょっと笑って、それから首を横に振った。

「言い方が悪かったな。無理なんかじゃなくて、俺がサラに会いたいから迎えに行ってるんだ。毎日話したいことがいっぱいあるし」

「その割に俺にしゃべらせてるよな」

クンツも立ち上がりながらぼやいているが、アレンは気にも留めず続ける。

「ちょっと寂しいけど、ハンターギルドの一員として、やるべきことはやりたいんだ」

「うん。わかってる。頑張ってね」

「ああ」

二人は手を振ると爽やかに去っていった。

「アレンにはかないませんね。悔しいな」

片付けたバスケットに片手を置きながら、ノエルがぼそっとつぶやいた。

「わかるわ」

「わかる」

なぜモナとヘザーがそれに激しく頷いているのか。

「仮にもアレンと僕は、サラを挟んでライバル同士です」

「いや、違うよね」

サラは思い切り突っ込んだ。だが、誰もサラの言うことを聞いていない。

「それなのにアレンにとって、僕は弟扱いです。スタート地点にも立てていない」

なんのスタートなんだと問うのが怖いサラである。

「俺がサラに会いたいんだとか、さらっと言っちゃうんだもん」

「言われてみたい言葉ナンバーワンだよね」

「それは、アレンは家族みたいなものだから」

サラは夢見るように頰(ほお)を押さえるモナとヘザーにもごもご言い訳をした。いつもどおりの会話がどうしてそんなふうにロマンチックに解釈されてしまうのか不思議でしょうがない。

「兄さんがかなわないわけです」

「そういう理由じゃないと思うよ」

もはや惰性で突っ込むサラである。

この話が続くと困ると思ったサラは、急いで立ち上がって提案した。

「ねえ、午前中に採った薬草で、調薬しない？」

「いいわね！」

「やる！」

モナとヘザーはサラが屋外でも調薬できることを知っているから、すぐに同意してくれた。

「外でやってもいいけど、騎士隊の宿舎に薬師ギルドの出張所があるんだよ。そこを借りようよ」

正確にはクリスが無理やり借りた、竜の忌避薬の実験場所である。いつの間にかなし崩しに薬師ギルドが自由に使ってもいい部屋になっているのだ。

モナとヘザーだけでなく、ノエルの目もキラキラしていて、サラは思わず仲間意識でニコニコしてしまった。

調薬と聞いて目を輝かせるのは、薬師として適性があるということだ。ノエルも、きっかけはともかく薬師の仕事を本当に楽しんでいるということなのだろう。

微妙に迷惑そうな顔をされながら南方騎士隊の宿舎の薬師部屋に入ると、花の香りが強く漂っている。もう渡り竜の季節は終わったので、竜の忌避薬づくりは一段落しているが、その強い匂いがまだ残っているのだ。

「せっかく研修に来たんだから、シロツキヨタケの扱いやギンリュウセンソウの扱いも教えなきゃってカレンが言ってたよ。私もまだ触らせてもらえていなかったから、一緒に教えてもらえるようお願いしたんだけどね」

その匂いで思い出したことをポロリと口にすると、

「僕もですか？」

とノエルが驚いた顔をした。

「運が良かったね。私も便乗しよう」

サラがニコニコと返事をすると、ノエルは不思議そうだ。

「自分より経歴の浅い薬師が先にやらせてもらえるのを、サラは悔しいとは思わないんですか？」

サラはモナとヘザーと顔を見合わせた。

「不公平は、割とよくあることだよ。特に平民はそう。私はそもそも招かれ人だから、魔力の点では優遇されてる立場だし。そういう意味ではモナとヘザーのほうが悔しかったりする？」

サラはその質問をそのままモナとヘザーに投げた。どう答えるかはわかっていたからだ。

「王都にいたときだってそんなことしょっちゅうだった。でも、そもそも平民でも薬師になれたし、ちょっと余計に時間がかかっても薬師の仕事ができるんだから、細かいことに文句を言うより感謝の気持ちのほうが強いよ。まして今回は私たちが優遇される側だし」

サラはヘザーの、実利を取る姿勢が好きだなあと思う。

「さ、それより採ったばかりの新鮮な薬草をさっそく使ってみようよ！」

「はい、そうですね」

サラたちはそれぞれでテーブルに向かい、それぞれのやり方でまずポーションを作ってみた。

「さ、それでは味見タイムです」

サラが宣言すると、ノエルがきょとんとした顔をした。

「手順どおりにきちんとやりましたし、味見などしなくてもちゃんとできているはずです」

「それはそうなんだけど、違うんだなー」

自分一人なら鍋やスプーンに残ったポーションで味見をするのだが、皆の前でそうするわけにはいかない。

「それぞれ一本ずつ味見に提供してください」

並べた四本のポーションから一滴ずつ味見をしてみる。モナとノエルはお手本どおり、ヘザーは少し濃いめ、そしてサラのポーションは薬効が高め。思ったとおりの仕上がりであると、サラはふむと頷いた。

「ええ、なんでですか？　僕たち皆同じやり方でポーションを作ったのに、こんなに味が違うなんて！」

「基本的には注ぐ魔力によって違うんだけど、あとは性格だと思う」

サラはそう分析している。

「性格って、どういうこと？」

モナに聞かれたのでサラは答えた。

「モナは教科書どおりだけど、その理由は一番効率のいいやり方、つまりできるだけ薬草を節約してポーションを作りたい人」

「当たってるわ。今の私の目標はそれなのよ。性格とは関係ない気がするけれど」

「意外と堅実で節約家。違う？」

「違わない、かも」

サラはまたふむと頷いた。

「ヘザーは、薬草からギリギリまで成分を抽出したい。薬草のポテンシャルを引き出したい。研究者タイプ」

「そのとおりだよ。さすがサラ」

ヘザーはニコッと微笑んだ。

「そしてノエルは、文字どおり教科書どおり。教えられたことと、寸分も違（たが）わない」

「はい。だってそういうものでしょう」

「うん。全然問題ないよ」

「じゃあ、サラのポーションはなぜ薬効が高いのですか？」

サラはフッと笑ってスプーンをくるくると回してみせた。

「それは注ぐ魔力の質が良くて魔力量も一定だからです」

魔の山仕込みの魔力操作である。バリアを作ってそれを維持するためにどんなに努力をしたことか。

「注ぐ魔力には自分の得意な属性の影響が出ちゃうみたいなの。だから、注ぐ魔力は身体強化の時の魔力を意識するといいし、普段から魔力操作の訓練をしておくのも役立つよ。いや、別にちゃんとポーションが作れればなんでもいいのかな?」

一三歳で薬師になれるような優秀な子に、わざわざ教えなくてもいいのではないかということにやっと気がついたサラである。後輩ができたものだからつい先輩ぶりたくなったというわけだ。

しかしノエルはサラの話を馬鹿にせず、自分のスプーンをつかむと悔しそうにじっと見つめた。

「身体強化。騎士も魔法師も目指さない僕には必要ないもの。魔法はひととおり習熟しましたが、身体強化については意識したことはありませんでした」

「そ、そうなんだ」

サラは魔法をやるにしても、身体強化も身につけろとネリーに言われたような気がするのだが。

「身体強化を意識してと言われても見当がつかない。僕としたことが、こんなことでつまずくなんて」

「いや、つまずくとかそういうレベルじゃなくて、なんとなく身体強化の、つまり属性のない魔力を入れればいいんだよ」

「わかりません」

ノエルはそう言うともくもくと調薬セットを片付け始めた。

「あの、僕、先に帰ってもいいですか。やらなければならないことを思い出したので」

「うん。もともとお休みの日なんだから、全然かまわないよ」

「それではまた明日、薬師ギルドで」

ノエルは軽く会釈すると、とぼとぼと部屋を出ていった。

モナとヘザーはカレンの家に下宿しているが、ノエルはネリーの兄である総ギルド長の家に滞在している。宰相の息子なので、本来なら身分の釣り合う、領主であるライが預かるべきだが、仮にも婚約者候補であるサラと同じ屋根の下はどうかということで、息子の家に預けたというわけだ。

「なんだかプライドが傷ついちゃったみたいね。いい子だけど、やっぱり貴族だもの。仕方ないわ」

ノエルを見送った後でモナが肩をすくめたが、サラはちょっと違う気がした。

すごい才能があるかもしれないが、努力もする。常に完璧であるように、下準備を怠らないタイプなのではないだろうか。

その日の夜、ネリーもクリスも揃った領主館の食卓で、サラは今日のノエルの様子を事細かに皆に話していた。

「総ギルド長なら魔力操作を教えてくれるってことに気がついてくれたらいいんだけど。一人で悩んでないかなあ」

「ずいぶん気にかけてやっているではないか。婚約者候補には冷たい対応のサラにしては珍しいな」

ライはナプキンで口の端を押さえると、面白いという顔をした。

「だって私より小さいのに、一人で家を離れて頑張ってるんだもの」

「それはそうだが」

サラの話を聞いているのかどうかわからないほど静かに食事をとっていたクリスが、ふとナイフを持つ手を止めた。

「小さいというが、一三はサラがローザに来たときよりは大きいぞ。あの時サラもアレンも、すでに自活していたではないか」

「そういえばそうかも」

サラは一生懸命走り回っていた一二歳の頃のアレンを思い出した。あの頃は鏡を見ることもなかったから、自分のことはうまく思い出せないが、アレンのことならわかる。

「思い出せたか」

「はい」

サラは懐かしい気持ちで頷いた。

「それなら今度は、今のアレンを思い浮かべてみろ」

「ええと」

サラよりずいぶん背が伸びただけでなく、だいぶ少年っぽさが抜けてきて、ドキドキすることもあるくらいだ。

「ノエルもあと二年もしないうちにああなる。今かわいいからと油断していると絡め取られるぞ」

「クリスにしては的を射た指摘だな。そっち方面にはとんと関心がないかと思っていたぞ」

「ライ、冗談で言っているのではありませんよ」

どっち方面なのかと突っ込みたいサラだったが、確かにクリスが人間関係についてアドバイスめいたことを言うのは珍しい。

「私が言うのもなんだが、一三で薬師になるには才能だけでなく相当の努力が必要だ。そんな力がある少年が、親の言うことを素直に聞いて婚約者候補のもとに来ると思うか？」

「ええと、よくわからないけど、気をつけます？」

クリスはあきれたようにため息をついた。

「ネフ、サラになんとか言ってくれ。ネフ？」

「あ、ああ、何の話だったか」

サラは上の空のネリーに驚いた。そういえば今日はサラばかり話して、ネリーもクリスも静かに話を聞いているばかりだった。いつもはサラの話題なら何でもニコニコと興味深そうに聞いているネリーには珍しいことかもしれない。

「ネフェル、そんなにダンジョンの様子が気にかかるか？」

ライも食事の手を止め、ネリーの様子を心配そうにうかがっている。

「いえ」

ネリーは一度は首を横に振ったが、隠しても仕方がないと思ったのか、思い直したように頷いた。

「ええ、そうなんです」

「例の、下層の魔物が上層にいる問題か」

「はい。安全地帯に交代でハンターを待機させているのですが、そこを通ってきた魔物はいないんです。それなのに、昨日いなかったはずの魔物が今日はいる。魔物がどう発生しているのかもそもそも定かではないから、その階層で自然発生している可能性もあるのですが、腑に落ちなくて」

ネリーだけでなく、ハンターギルドのさまざまな人が頭を寄せ合って考えてもわからないらしい。

「わかっていることは、このような状況の時はダンジョンから魔物があふれる可能性があるということだけです。しかし」

ダンジョンから魔物があふれる話はサラも聞いたことがある。王都の城壁はそのために造られたというし、そもそも魔の山にネリーがいたのも、魔の山の魔物が増えすぎないように管理するというお仕事のためだったはずだ。

「魔物の数そのものが増えているわけではないんです。いったいどうやって魔物は発生しているのか。あるいは移動しているのか」

悩んだ様子のネリーに、サラは聞いてみた。

「安全地帯のある通路以外に、道みたいなのはないの？」

「ないはずだ。だが、すべての壁を調べたかといえば、それはできていない」

魔物が通れるほどの穴があればわかりやすい気はするのだが。サラは、ニジイロアゲハを退治したときのダンジョンの様子を思い浮かべてみた。

「私のバリアなら、手っ取り早くダンジョンの抜け道を見つけられるかも」

サラのバリアは、広げればダンジョンの壁に当たり反発するが、そこに抜け道があれば抵抗なく入っていくだろう。

そう説明すると、ネリーとクリスの顔が輝いた。

「ではサラ、私と一緒にダンジョンに行ってくれるか。抜け道などないとは思うが、ないとわかればひと安心だからな」

「いいよ」

こうしてサラは思いがけず自分の提案でダンジョンに入ることになってしまった。薬草を採取するために入るのはいいが、魔物絡みで入るのは本当は少し嫌だった。

「ま、まあ、ネリーが悩んでいる姿は見たくないもの。それに、ダンジョンには虫はたいしていなかったし」

自分に言い聞かせるが、結局のところダンジョンに入るかどうかの基準は、大きな虫がいるかいないかなのは変わらないサラである。

それならばすぐに試してみようということになり、サラは次の日はお仕事を休むことになった。そうしてハンターギルド長のザッカリー、副ギルド長のネリー、クリスほか数人の集団と共にダンジョンの前にいる。

「正確には薬師ギルドをお休みするのであって、お仕事をすることには変わりはないんだけどね」

自分から言い出したことだから文句はないが、特別手当が出ると聞いてほっとしたのも事実だ。

「ぶつぶつ言ってないで、早くダンジョンに入ろうぜ」

「ワクワクしても、何もないからね？　壁にバリアをぶつけてみるだけだからね」

どう見ても浮かれている嬉しそうなアレンにため息をつきながら、そのアレンとクンツに守られている小さな影にちらっと眼をやった。

「大丈夫だ。今日の俺たちの仕事はノエルの護衛だからな。サラとの狩りじゃないってことはわかってる」

二人に前後を挟まれたノエルは、少し不安そうだが真剣な目をしている。ハンターでもないうえ、貴族の子息をダンジョンに連れてきていいのかというサラの声に出さない疑問には、クリスが答えてくれた。

「こちらに一緒に来たときに、ヒルズ家から、王都ではできない経験をできるだけたくさん積ませてほしいと頼まれている」

宰相家は意外とスパルタだなあと思うと同時に、経験ってこういうことでいいんだろうかと疑問に思うサラだが、一方でもう自分はアレンから守られる立場ではないのだなということにちょっと寂しい気もする。

「さ、それでは出発だ」

ザッカリーの声と共に出発した一行だが、その真ん中でサラは、ニジイロアゲハを退治したときのことを懐かしく思い出していた。覚えていたとおり、通路を出てすぐに、地下とは思えない草原と森が出現する。あの時あふれんばかりにいたニジイロアゲハは、森のそばにひらりと何匹か舞っているだけだ。

「入り口から左回りに確かめていきたいんだが、サラ、いけるか」

ザッカリーの問いかけにサラはしっかりと頷いた。

「はい。とにかくまず、実際にできるかどうかやってみますね」

サラはそう言うと、自分の身にまとっていたバリアを、まず一行を守るように大きく広げた。

「わからないかもしれませんが、今全員をバリアの範囲に入れました」

「全然わからない」

ノエルの小さな声が聞こえたが、サラが答える前にアレンが森のほうを指さした。

「ほら、見てみろ。ニジイロアゲハが近づいてくる。サラがいるからだな」

サラはその言葉にちょっと肩を落とした。なぜだかわからないが、ニジイロアゲハは気がつくとサラの周りに集まってこようとする。高山オオカミもだろうという心の声は聞こえなかったことにする。

「ど、どんどん近づいてきていますが、大丈夫でしょうか」

「まあ、見てろよ」

ダンジョンの魔物など見たことのないノエルだが、アレンの言葉に頷き静かにするだけ立派であるとサラは思う。ニジイロアゲハは思わず手を伸ばしたくなる美しさなのだから。

ニジイロアゲハはひらひらと舞うように近づいてきたが、少し離れたところでふっと弾かれた。

「あそこに見えない壁があるみたいです。まるでガラスのようだ」

「そのとおりだ。サラのバリアは見えない壁みたいなものなんだよ」

サラを仕事に集中させるため、アレンが代わりに説明をしてくれている間にも、明かりに当たっては弾かれる夜の虫のように、ニジイロアゲハもはね返ってはぶつかってくる。

「さ、サラ。そろそろいいか」

ザッカリーの声に頷いたサラは、壁のほうに向き直ると、バリアをゆっくりと広げていった。

「今、バリアが壁に当たりました」

サラの報告と同時に、ノエルの興奮した声が聞こえた。

「すごい。ニジイロアゲハが遠くに押されてる」

サラのバリアは一方向だけに伸ばすことも可能だが、全方向に丸く広げたほうが楽なのだ。ノエルの反応を楽しく思いながらも、サラは壁に触れたバリアに感覚を集中させた。

サラのバリアはなんでも弾くが、弾く感覚は意識すれば感じることも遮断することもできるようになっていた。

「壁の感覚はわかるか、サラ」

「うん、ネリー。でこぼこしているのがなんとなくわかる。このまま左手のほうに歩いて移動しますね」

サラはそう宣言すると、壁の感覚に集中しながら移動し始めた。ダンジョンの中をぞろぞろと集団が移動するのはちょっと笑えるが、それぞれがダンジョン内の様子をしっかりと観察していて真剣である。ただ、時折漏れるノエルの感嘆の声が、その緊張を和らげていた。ダンジョンの景色も、たまに現れる魔物もすべてが珍しいのだろう。

しばらく進むと、森に入る。目の端に大きな黒い生き物がいたような気がするが、サラのバリアで押されて木の陰に消えてしまったので、初めからいないのと同じである。大きなムカデのような気がしたが、サラは見なかったことにし、壁に集中した。

「なぜ木々は弾かれないのでしょう」

「サラにとって危険ではないからだよ」

弾いたり弾かなかったりという不思議現象を考えすぎると、バリアがすべてのものを弾いてしまうので、サラは細かくは条件付けしないようにしている。

だが、木々の間をゆっくりと進むサラのバリアは、確かに魔物と壁以外は弾いていないようだ。

そんなサラの目の端に、また黒いものがちらついたが、先ほどとは違ってネリーとザッカリーの体に緊張が走った。

「ヘルハウンド数頭。注意を怠るな」

「はい」

ザッカリーに静かに返事をしたのはクンツだ。このメンバーの中で、自分だけが一人ではヘルハウンドを倒すことができないことを自覚しているからだ。

ダンジョンの第一層には、ハンターになりたての初心者もやってくる。もしヘルハウンドに出会いでもしたら、怪我(けが)では済まされない。ネリーがすっとバリアから出ていく。先ほどのヘルハウンドを倒しに行くのだろう。

普段なら気にしない、人がバリアを出ていく気配を感じるサラだったが、同時に壁沿いにふっと力が抜ける感じがし、思わず立ち止まった。思いがけない気配に心臓が大きくドクンと脈打ったような気がする。

「なにか、変な感じがします」

サラは違和感のある壁のほうに少し強くバリアを押し込んでみた。するとどうだろう。

「するするとバリアが入っていく。穴みたいなものがあるみたいです」

「まさか」

ザッカリーが思わずといったように否定の声をあげる。サラの提案で抜け穴を探すといっても、本当にあると思っていたわけではなく、なんの手立てもない状況の中、念のために可能性をつぶす程度の気持ちだったのだろう。

「こっちです。近づいてみましょう」

サラはその手ごたえのない壁のほうに動き始めた。

木々の隙間(すきま)を縫って進むと、壁沿いの草地に行き当たった。

どうやらあっという間にヘルハウンドを倒したらしいネリーが、バリアから出ていったときと同じようにすっと合流する。

「ここです」

サラが指さしたところには、壁があるだけだった。だが、サラの感触では、確かにバリアはこの壁にめり込んでいる。

「なにもないように見えるが」

ザッカリーのつぶやきに、それまで静かにしていたクリスが地面を指さした。

「見てみろ。草が踏みつぶされている。けもの道のようにな」

けもの道という言葉に全員が地面に注目した。

確かに、草地は何かに踏み荒らされているように見えた。

だが、感心したように下を観察する一行の中で、サラだけはそれどころではなかった。

「う、き、え」

思わず一歩下がったサラを、ネリーが支えてくれる。

「どうした、サラ」

「バリアの先に、何かがぶつかってる。まるで、まるで」

普段は感じないようにしているその感触が気持ち悪い。

「何かが体当たりしているような、うう。弾き飛ばしてもいい？」

ネリーはサラの言葉に一瞬悩むそぶりを見せたが、すぐに決断した。

「すまんが、駄目だ」

「ええ……」

優しいネリーにしては珍しいことに、お願いを断られたサラは戸惑った。

「ゆっくりと、バリアを手前に戻してくれないか」

「う、うん」

ぶつかってくる何かに押し戻されるように、少しずつバリアを小さくしていく。

「そろそろ何かが出てくるよ。皆注意してね」

そこから先は、あまり思い出したくない。サラのバリアが壁からゆっくりと離れると同時に、今まで体当たりしていたであろう何かが顔を出し、その顔だけがバリアと壁の隙間から抜け出ようともがく姿を間近で眺めることになったからだ。

「ひいっ。お、オオカミはいらないよう」

「ヘルハウンド。こんなところから湧き出ていたのか……」

ザッカリーには感心していないでこれをどうするのか決めてほしいサラである。黒いオオカミの首と前足だけが暴れているのは見た目にも気持ち悪いし、なにより暴れる感触がぞっとする。

すかさずネリーが左側を確保すると、サラに合図した。

「こちらに解放してくれ」

「うう、はい」

バリアを右側に寄せ、左側を空けると、数頭のヘルハウンドが飛び出し、ネリーに瞬殺された。

ネリーはそのままヘルハウンドが出てきた穴のある壁にすたすたと歩み寄ると、いきなりそこを殴りつけた。

「いっ！」

さっきから自分がちゃんと言葉を発せていない気がするサラである。そして穴を確かめてみたいなら、殴らずにそっと手を差し込めばいいのにと思うのだった。見た目どおり壁だったら怪我をしてしまうではないか。

ネリーの手は、そのまま壁に突き刺さっているように見えた。

「ふむ。なにもない。空間だけがある」

「ネフ、入ってはならぬぞ」

気がつくといつの間にかクリスがネリーの隣にいた。その左手はネリーのお腹の前に伸ばされ進路をふさいでいる。

「なぜだ」

「魔物が通れたからといって、人が通れるとは限らない。そもそもこの穴が第二層からつながっているかどうかもわからないのだぞ」

「む」

さすがクリスである。ネリーが無茶をせずに済んでサラはほっとした。

「とりあえず、この場所には結界箱を設置しつつ、ベテランのハンターを見張りに置くとして、それがいつまで続くか。それに穴がこの一ヶ所だけとは限らないし、かえって問題が大きくなってしまったぞ」

頭を抱えるザッカリーを気の毒だとは思うが、サラとしては、自分の仕事は果たしたことになりほっとする気持ちでいっぱいだった。ザッカリーがサラのことを意味ありげに見るまでは。

「じゃあサラ、すまないが」

「はい？」

とても嫌な予感がする。

「今日はこれから、一層の残りの部分を。明日からは二階層から順に、壁の確認をよろしく頼む」

「は、はい」

できる者がサラしかいないのだから、仕方がない。シロツキヨタケの抽出をしたかったなあと思いつつ、それからしばらくはネリーと共にダンジョン通いの日々が始まったのだった。

そうしてサラは結局、ニジイロアゲハの時でさえ行ったことのなかった深層階まで行く羽目になった。真っ白なギンリュウセンソウの群生地を見られたことだけはよかったが、ヘルハウンドの群れに囲まれたり、懐かしのワイバーンに襲われたりと散々だった。もちろん、すべてサラの鉄壁のバリアに阻まれたのだが、壁の感触を確かめるために感覚を付けているサラにとっては衝撃の出来事ではあった。

しかし、サラが自分の仕事で悩んでいる横で、ザッカリーやネリーなどハンターギルドの面々がもっと深刻な悩みを抱えていては、やりたくないなどとわがままを言うわけにもいかない。

「深層階の壁にまで穴が開いているとはどういうことだ。深層階の下に何かあるとでもいうのか」

「セディ兄様によると、近隣のダンジョンはいつもどおりだというしな」

「引き続き王都に報告だな」

ダンジョンの問題について真剣に話す二人は、まるでローザハンターギルドのジェイとヴィンスのようで、サラは懐かしくも楽しい気持ちになった。

ローザは、王都は王都、ローザはローザとしてあまり王都とはかかわりがなかったように思うが、ハイドレンジアはどうなのかと、その日帰ってからサラはネリーに聞いてみた。

「ローザはハイドレンジアのように、貴族が治めているわけではないからな。中央に対する忠誠心はあまりない」

思い出してみると、ハンターギルドの出来事ではあるが、騎士隊への扱いも散々だったような気がする。

「ハンターギルドもここに比べると格段に実力のある者が多い。たいていのことは王都の助けがなくてもなんとかなるし、自分たちは強いという誇りもある」

「ハイドレンジアには王都の助けが必要ってこと？」

「そういうわけではないが」

ネリーは楽しそうに口の端を上げた。

「ザッカリーも私も面倒ごとは好かん。誇りなど、腹の足しにもならない。つまり、責任は王都に押しつけるに限るということさ」

「なるほど」

二人とも不器用で真面目に見えるが、本当は狩りだけしていたいハンターなのだ。なぜ王都に報告と言ったのか、サラはやっと納得したのだった。

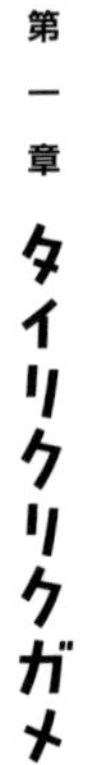

第一章　タイリクリクガメ

　ダンジョン深層階まで確認して、お役目が一区切りついたサラは、次の日には薬師の仕事に戻っていた。さっそくモナが話しかけてくれる。

「せっかくハイドレンジアに来たのに、サラと一緒に仕事をしないまま帰る羽目になるかと思ったわ」

「あれ、そんなに短期間の予定だった？」

「そういうわけじゃないけど、サラのほうがいつまでかかるかわからなかったんだもの。ちょっと寂しかったわ」

「ほんと？」

　会いたがってくれる友だちとはいいものである。サラは胸がじんとした。

「僕も寂しかったです」

「ハハハ。ノエルもありがとうね」

　素直なノエルの肩をパンパンと叩（たた）いて、サラは満面の笑みである。会いたがってくれる後輩もいいものである。そんなサラたちにヘザーが冷静に指摘した。

「さあ、サラ。仕事を始めるよ。サラが休んでいる間にシロツキヨタケの実習、始めちゃってるんだから」

「ヘザーのほうがハイドレンジアの薬師みたい」

サラは口を尖らせながら、楽しそうに実習に参加した。ダンジョンの異変は気になったが、サラは薬師である。ダンジョンのことはハンターギルドに任せるしかない。

そんなふうに薬師修行に励んでいたある日のこと。

向かいで作業をしていたノエルがふと顔を上げた。

同じように、薬師が何人も店のほうに顔を向けている。そこでようやっとサラも、外の通りが騒がしいことに気がついた。

「なにかしら」

薬師ギルド長のカレンが眉をひそめると、店から慌てて売り子の薬師が飛び込んできた。

「大変です！」

「いったい何事？」

冷静なカレンに対し、薬師は顔が真っ青である。

「魔物が、魔物が外に」

魔物が、外に。

サラは首を傾げた。ローザでは草原にツノウサギがたくさんいたので、魔物はそんなに珍しいものではなかったからだ。ここら辺ではめったに見ないが、ツノウサギも草原オオカミもいることはいる。何をそんなに騒いでいるのだろうか。

「ま、真っ黒で大きいオオカミが、町の通りにいるんです！」

真っ黒なオオカミ。

ヘルハウンド。

すなわち、ダンジョンがあふれたかもしれない。

一瞬でいろいろなことがつながったサラは、持っていた調薬のスプーンをそっとテーブルに置いた。

「行ってきます！」

「サラ！」

ノエルの引き留めるような声にもためらわずに外に飛び出すと、信じられない光景が広がっていた。人が逃げまどうハイドレンジアの町を楽しむかのように、真っ黒なオオカミがうろうろしている。

サラは一瞬で状況を見て取った。信じられない光景といっても、それはハイドレンジアだからだ。もしここが魔の山だったら？　サラは目をつむり、魔の山の管理小屋のドアを開けたところを思い出してみた。

高山オオカミが寝そべり、オオツノジカの群れが遠くを横切り、空を見上げればワイバーンが飛んでいたではないか。

サラは目を開けて空を仰ぐとパチパチと瞬き(まばた)きした。

「空にワイバーンがいるのは同じだよ……」

ワイバーンまでダンジョンから出てきたのかともう一度目を閉じたくなったが、さすがにそんな場合ではない。うろうろしているヘルハウンドは、高山オオカミに比べればなんと貧相なことか。

「さて、とりあえず捕まえますかね」

サラは自分にまとっているバリアを確認すると、その周りにもう一つバリアを作った。

「人は弾(はじ)いて、オオカミは入れる仕様で」

特殊な条件だが、なんとかなるだろう。

「見えない檻(おり)に、入ってもらいますからね。さて、まずは一頭から」

一番近くにいたヘルハウンドを、ひょいとバリアの中に入れてみた。入れたらヘルハウンドが出られないようにすかさずバリアを変化させる。

「ガウ！」

そのヘルハウンドは、前に進もうとするとバリアに弾かれて驚いている。

サラはふんと鼻息を吐いた。

「変幻自在。絶対防御から進化した私のバリアをご照覧あれ」

もっとも、言った後で恥ずかしくなって周りを見渡した。誰かに聞かれていたらとても困る。

それから、声を大きくして、町の人に呼びかけた。

「皆さん！　建物の中に入ってください！」

ヘルハウンドが建物に体当たりしたとしても、時間は稼げるだろう。

そこからは、あっという間だった。

目に入る範囲のヘルハウンドを、まるで投網を投げるかのようにバリアで確保する。

それから、バリアを少しずつ小さくし、自分の周りに集めていく。サラ自身のバリアは、体からかなり離して作ってある。

「ガウ！」

「ガウ！」

もちろん、サラを敵認定したヘルハウンドが襲ってきてもひるまないでいられるようにだ。

ある程度ヘルハウンドがまとまったら、暴れないようにバリアの高さをだんだんと低くしていく。

サラが外に出てから数分後、ハイドレンジアの町の通りには、伏せをしたヘルハウンドを従えているかのように見えるサラが一人、悠然と立っていることとなった。

「うう、ハンターの皆さん、早くやってきてくれないかな」

現実はこれである。

サラは創造力はあるほうだと思う。しぶしぶとだがニジイロアゲハを大量に倒したときと同じように、バリアの力でヘルハウンドの命を奪う方法なら、いくつも思いつく。

「でも、できれば本職の人に倒してもらいたいです」

サラは薬師なのだ。なぜかダンジョンの外にいるヘルハウンドを倒すなど荷が重すぎる。

しかし、願いを込めてダンジョンのほうを向いていたサラの目に映ったのはさらなるヘルハウンドの群れだった。

幸いなのは、町の人たちが建物の中に無事避難できたことだ。もっとも、二階の窓からいくつも顔がのぞいているから、サラの雄姿は残念ながら多くの人の印象に残るに違いない。薬師ギルドからは応援の声まで飛ぶ始末だ。

「仕方がない。ヘルハウンド捕獲、第二弾いきますか」

サラは覚悟を決めたが、その時、走ってきたヘルハウンドが突然足をもつれさせてすっ転んだ。転んだのは数頭だったが、その数頭に巻き込まれて次々と倒れていくので、サラのもとにたどり着いたのは二頭だけである。サラはとりあえず網をかぶせるようにその二頭をバリアで確保する。

確保したヘルハウンドから視線を上げると、見えたのはアレンとクンツだった。

起き上がって二人に襲いかかろうとしているヘルハウンドは、なぜか足を滑らせたようにどうと倒れていき、それを次々とアレンが殴り飛ばしていく。

そうこうしているうちに、ハンターが集まり始め、サラの確保したヘルハウンドも無事本職の人が倒してくれることとなった。

「現れたのがサラのいる薬師ギルドの前で助かったってとこだな。ありがとうな」

「いえいえ、できることをしたまでですので」

ニジイロアゲハの一件から、サラの名前は、ハンターには知れ渡っている。

ヘルハウンドが片付いて気楽に挨拶を交わしていたその時だった。

「サラ！　空！」

アレンの大きな声が聞こえた。

「空？　うわ！」

空を見上げると、どこかに飛び去ったと思っていたワイバーンがまっすぐにサラに向かってきているではないか。

「なんで私なの！　もう！」

サラは急いで通りの真ん中に立つと、屋根の高さにバリアを広げた。

「私のバリアは、すべてをはね返す！　魔の山にいたときの気弱な私じゃないんだから！」

カッコいいことを言っているが、声は小さかったので、今度も誰にも聞こえなかったと思いたい。

「ギエー！」

獲物に気づかれたことに怒ったワイバーンは叫び声をあげると、急降下した。

バンッ。ドウン。

そしてバリアに弾かれて首の骨を折った結果、その体を町の通りに横たえることとなる。

「やっぱり顔、怖い」

サラの感想はそれに尽きる。

ドッという歓声があがると、近くにいたハンターたちが集まりサラの肩や背中をパンと叩く。

「さすが副ギルド長の娘さんだぜ」

「娘？　いやあ、でへへ」

ネリーが副ギルド長と呼ばれることも嬉しかったし、全然似てもいないのに娘扱いされたことも嬉しくて、サラはニヤニヤ顔が隠せなかった。

「サラ、大丈夫か」

ヘルハウンドを倒し終わったアレンとクンツもいつの間にかサラのそばにいた。

「それにしても一年ぶりくらいにサラのバリアを見たけど、相変わらず見事だな」
「うん、大丈夫」

アレンが楽しそうだ。

思い出せば、前の冬に王都で渡り竜の攻撃をなんとかしのいで以来なので、確かに久しぶりかもしれない。

「ワイバーンをも防ぐ絶対防御ってライが宣言してたけど、本当だったんだな」
「それは恥ずかしいからやめてくれる？」

サラは顔の前で手を左右に振り、逆にアレンに問いかけた。

「それより、アレンがヘルハウンドを倒したとき、勝手に転んでいるように見えたんだけど」

話をそらしたかったのも確かだが、それが気になって仕方がなかったのだ。

「あれは俺」

クンツが得意そうに親指で自分を指した。

「俺って、風の魔法も得意だろ？　アレンのような身体強化型のハンターと組むとき用に工夫した魔法なんだ」
「風の魔法でどうやってヘルハウンドを転がすの？」

サラはその方法を知りたがった。

「オオカミの足元で、竜巻を起こすんだ。ほら、よく何もない草原で風が枯れ草を巻き込んでくるくるしてるだろ」

「うーん」

実はサラは竜巻は映像でしか見たことがない。よくそこらへんで起きていることだとは知らなかった。

「で、魔物は足をもつれさせて倒れるってわけ。さっきみたいに走っているときにすごく効くんだ」

「なるほど」

「そこを俺が倒すっていう連携だな」

「だな」

クンツはアレンとこぶしをコツンと触れ合わせた。

「魔法師の俺だけでヘルハウンドを倒すのはかなり難しいけど、俺がいたらアレンは二倍のヘルハウンドを倒せる。いい感じだろ？」

「うん。すごいね」

サラは素直に感心した。

「もちろん、いついかなる時に指名依頼が来てもいいように、自分一人で倒せる力も磨いてる」

思わず小さく拍手したサラの目に、薬師ギルドからノエルが飛び出してきたのが見えた。ノエルはまっすぐにワイバーンのもとに向かっている。まずいと思いつつ、サラはとっさには体が動かせなかった。

サラの視線を追ったアレンが、珍しく厳しい顔をしてノエルのほうにすたすたと歩み寄る。

「あ、アレン。僕、ワイバーンなんて初めて見ました！」

　キラキラした目をしたノエルは、アレンにぐいっと襟元をつかまれた。

「やばい。俺やられたことあるわ、あれ」

「うん、私も記憶にある」

　サラはクンツと目を合わせて苦笑いした。王都のライのタウンハウスでの出来事は忘れられない一件だ。サラたちが思ったとおり、ノエルはあの時のクンツのようにワイバーンから離れたところにポイッと投げ捨てられた。

「何をするんですか！　アレン！」

　尻餅をつきながらもサラと違って呆然とせずに言い返したノエルは、なかなかに心臓が強い。

「戻れ。まだ危険だ」

「でも」

「戻れ」

「……はい」

　反論を受け付けないアレンに従い、しぶしぶと立ち上がったノエルは、サラに救いを求めるような視線を寄こしたが、サラは黙って首を横に振った。目に見えるところにいる魔物は倒されたが、まだ状況は不安定だからだ。

「アレン、ありがと」

「礼を言われることじゃないよ」

　ノエルが薬師ギルドに帰るのを見送ってからサラのもとに戻ったときには、アレンはいつもの優しい顔になっていた。

「アレン、そろそろ俺たちはダンジョン方面まで戻ろう。ハンターギルドからなにか指示が出ているかもしれないしね」

「わかった。じゃあ、サラ。気をつけて」

「うん。いってらっしゃい」

　おそらくここにいる誰より防御力が強いのがサラなのだが、それでも気をつけてと真剣に言ってくれるアレンにいつも心が温かくなる。

「ちょっと待って。サラ」

　声をかけてきたのは、いつの間にか外に出てきていた薬師ギルド長のカレンだった。

「まだ危ないですよ」

　心配するサラの前でふんと荒い鼻息で腕を組んだカレンは、ヘルハウンドも逃げ出しそうな雰囲気で、サラはちょっと笑い出しそうになる。

「その子たちと一緒に行っていいわよ。こんな非常事態では、サラの力は薬師ギルドよりハンターギルドのほうでより求められるでしょうから」

　少し前までのサラなら、自分は薬師ギルドで求められていないのかとショックを受けていたかもしれない。だが、今のサラは、カレンが事実しか口にしていないとわかる。

　薬師としてもいてほしいが、サラの力を客観的に見たら、今はハンターギルドにいたほうが、よりハイドレンジアのためになるということだ。

「わかりました。あの」

「もちろん、状況によっては明日以降も好きにしていいわ。それから」

カレンは腕組みをほどいて小さく微笑(ほほえ)んだ。

「シロツキヨタケの実習は、時間があるときに必ずやってあげるから」

「はい！　ありがとうございます」

サラが悔しいと思っていることをちゃんと理解してくれているのが嬉しい。サラは何事かと見守っているアレンとクンツのもとに走り、並んでダンジョンのほうに向かった。

急ぎ足でたどり着いたダンジョンの入り口から少し離れたところに、ハンターが集まっているのが見えた。クンツがためらわずそちらに向かいながら声をかけている。

「おーい、なんで集まっているんだ？」

「クンツか。それにアレンに、サラも」

振り返ったハンターたちにほっとした空気が広がった。

「見てみろ」

だが、場所を譲ってもらって見た草原のその場所には、何もないように見える。クンツは不思議そうにそのハンターに聞き返した。

「なにもないが」

「なにもないんだが、よく見ると空気が揺らいでいる。というか魔物がそこから湧き出ているんだ。気をつけろよ」

「ダンジョンの中と同じことが起こってるのか」

クンツのつぶやきに、その場のハンターたちは頷いてみせた。

「にしても、ザッカリーとネリーは遅いな。あいつらギルド長なのにすぐにダンジョンに行っちまうからな」

「王都に行ったっきりの元ギルド長よりはましだろうよ。少なくとも戻ってくるんだから」

ネリーの仕事についてはサラがどうにかできることではないが、ちょっと申し訳ない気持ちになる。サラにできることといえば、バリアを広げて揺らぎがどうなっているのか確認してみることだが、それも指示を出す人がいないと勝手なことはできない。

揺らぎから時折湧き出るように姿を現すヘルハウンドや他の魔物を倒しながら、ハンターたちはどうしたものかと戸惑うばかりだった。

だがその時、すごい勢いでこちらに向かってくる人が見えた。身体強化を使っている。

「総ギルド長！」

目のいい人が気づいて大声をあげると、その場にほっとした空気が漂った。魔物を倒すのはかまわないが、この状況をどうするか決めてくれる人が来てくれたという安心感である。

「どういう状況だ」

「ここから魔物が湧いてるんでさ」

すぐにたどり着いた総ギルド長に答えたのは、サラも知っているダンジョンの入り口の見張り番の人だった。

「俺は見張りをしていて、たまたま魔物が飛び出した瞬間を見たんだ。最初がワイバーンでその後にヘルハウンドの群れ。ヘルハウンドは近くにいたダンジョン帰りのハンターが、ワイバーンはサラが倒したというから、狩り残しはないはずだ」

突然魔物が湧くという事態でも冷静に観察し対応できるからこそ、ダンジョンの入り口の見張り番をしているんだなと納得させられる説明である。

「サラ？　ああ、なるほど」

サラはそっと手を上げて自分の存在を知らせると、総ギルド長のセディはまるで姪っ子でも見るように表情をやわらげ、かすかに頷いてくれた。

「ギルド長と副ギルド長は」

「ダンジョン深層部にいるはずです」

「連絡は」

「比較的足の速い奴を行かせてます」

素早い状況把握から、これで膠着状態から抜け出せるという空気があたりに流れたときだった。

ダンジョンから若いハンターが飛び出してきたかと思うと、人だかりに気がついてこっちを見た。

「あ！　総ギルド長！」

「連絡に行かせた奴じゃねえな」

説明していたハンターがつぶやく。ではいったいなにがあったのか。

「ザッカリーから伝言です！　深層階に！　巨大なカメ出現！」

巨大なカメと言われて、サラは動物園で見た大きなリクガメを思い出した。大きいものは一メートル以上あって、子どもが乗れそうなくらいだった気がする。小松菜をもしゃもしゃと食べていてほっこりした記憶がある。しかしハンターたちの反応は違った。

「まさか！」

心当たりがあるのか、緊張が走るなか、報告は続く。

「大きさは家一軒分！　おそらくタイリクリクガメだろうと！」

家一軒分。大きさの想像もつかず、ぽかんとするサラとは違い、ハンターたちには絶望したような空気が漂った。

「馬鹿な。確かにタイリクリクガメは南部のダンジョンから発生するが、今までハイドレンジアから出てきたことはなかったはずだ」

容易には信じられないというようなセディの言葉は、サラの記憶を刺激した。

「ローザの、城壁の？」

ローザの城壁は、タイリクリクガメから町を守るために築かれたと聞いたような気がする。

「ああ、サラとアレンはローザからやってきたんだったな」

サラのつぶやきを拾ってセディが答えてくれ、同時にはっと何かに気づいた顔をした。

「そうだ。ということは、もし本当にタイリクリクガメなら、ダンジョンから出て、北の魔の山に向かうはずだ」

魔の山。高山オオカミたち。サラの頭の中に懐かしい姿が浮かぶ。

しかし、魔の山の手前にはローザがある。副ギルド長のヴィンスや、ギルドの皆や町の人は大丈夫だろうか。

「まずい。前回はもっと東寄りのダンジョンから出たはず。王都はちょうどハイドレンジアの真北だぞ」

大切な知り合いのいるローザもだが、どうやらそれ以前に王都も問題らしい。

「まずは伝令が必要だな。足の速い奴！」

「はい！」

「俺たちです！」

アレンとクンツがセディの問いかけにすぐに応じた。

「地上の魔物は無事抑えたと。それから観察は他のハンターに任せて、ギルド長と副ギルド長はすぐにギルドに戻れと伝えてくれ。考えなくてはいけないことが山積みだ」

サラに行ってくるよと合図すると、二人はすぐにダンジョンに走っていく。その後ろ姿も見る間もなく、セディは残ったハンターに尋ねた。

「ワイバーンが出たと言ったな？」

「ああ。深層階の魔物はワイバーンとヘルハウンド。その他にも魔物が顔を出したが、駆け出しハンターでも倒せる奴ばかりだし、現に倒した」

セディは頷いて、ハンターたちを見渡した。

「ではワイバーンとヘルハウンドを倒せる者は交代でここを見張る。何人いる？」

サラは手を挙げるべきか迷ったが、サラの場合倒せるというより無力化できるというだけなので、ここはおとなしくしておく。

その後もてきぱきと指示を出すセディに、総ギルド長ってこういうお仕事なんだなあと感心する。

「そしてサラ」

「は、はい」

最後にサラが呼ばれた。

「ワイバーンを倒してくれたんだな」

「いえ、私が倒したのではなく、勝手にバリアにぶつかっただけです」

「それでも助かった。ダンジョンの外の広い世界に出てきたワイバーンは手に負えないからな。サラがいて幸運だった」

「い、いえ」

死んだワイバーンの顔が怖いという感想しか持っていなかったサラは、褒められてどぎまぎしてしまう。

「サラの特性を生かして手伝いを頼むこともあると思う。だが、今日はもう休んでいてくれ。ひとまず最初の大きな湧きは収まったようだ。一度屋敷に帰って、ライに事情を話しておいてくれないか。後で報告に行くから」

「はい。わかりました」

なんでもかんでもサラを利用しようとはしない、そこがハイドレンジアのハンターギルドのいいところなのだ。

踵を返して町に向かうと、さっきはいなかった南方騎士隊の姿があった。ダンジョンの方角を注視しながらも、町のあちこちに立って警備している騎士隊に見守られながら家路を急ぐ町の人がいる光景は、サラをほっとさせた。

ハンターの仕事は魔物を狩ることであって、人を守ることではない。だから魔物を狩り尽くした後、サラを含めハンターはすぐに町からいなくなった。どう行動すべきか戸惑った町の人を守り導いたのが騎士隊ということなのだろう。

それを眺めながら屋敷に急ぐサラの目に、ライの姿が映った。騎士隊になにやら指示を出している。さすがご領主である。

「ライ」

「おお、サラ」

「セディが、後で報告に行くからって言ってました」

まず一番大事なことを伝えなくてはとサラは意気込んだ。

「セディが来たか」

ライはあからさまにほっとした顔をした。少し肩の力も抜けたようだ。

「ダンジョンから魔物が出たと連絡が来てすぐに、セディのいそうなところに使者を出したからな。間に合ってよかった」

「ネリーとザッカリーは深層階にいたらしくて、セディが来てくれてハンターの皆さんもずいぶん落ち着いたみたいでした。あ」

サラはそこで大事なことに気がついた。ダンジョンから魔物があふれた報告は受けていても、ネリーとザッカリーからの報告は受けていないのではないか。

「あの、そのネリーとザッカリーからの報告で、深層階にタイリクリクガメが出現したらしいです」

「は」

ライは何のことだか理解できないという表情を浮かべ、こめかみに手を当てた。もしかして知らないのだろうかと思い、サラは説明を足した。

「あの、家一軒分くらいあるみたいで」

「いや、それは知っている。ただ、頭が理解したくないと言っていただけだ」

頭が理解したくないという説明は、異世界にやってきたサラにはとてもよくわかる。

「そうか、タイリクリクガメか。なぜハイドレンジアから？」

領主としてはやはり気になるのはそこなのだろう。誰にともなく問いかけた。もちろん、答えはない。

「セディも同じことを言ってました」

「だろうな」

「ハイドレンジアの真北に王都がある、とも」

ライは虚を突かれた顔をして、大きく目を見開いた。

「サラ、すまない。一緒に屋敷に帰ろうと思っていたが、私はハンターギルドに向かう。先に食事を済ませて休んでいてくれ」

「はい」

セディにもライにも、自分はいらないと言われた気がしてちょっと寂しかったが、サラは素直に頷いた。

ライは再び騎士隊に指示を出した後、ハンターギルド方面に向かったが、すぐにまた戻ってきた。

「サラ」

「はい？」

どうしたのだろうとサラが首を傾げると、ライはいきなりサラのことをぎゅっと抱きしめた。

「ラ、ライ。どうしたの？」

ライは抱きしめていた手を緩めると、サラの肩に手を当てて顔をのぞき込み、ニコッと笑みを浮かべた。

「サラ、ワイバーンを倒したと聞いたぞ」

「あ、それはバリアにぶつかっただけで、倒したわけじゃないの」

それを聞いても、ライはニコニコとしたまま首を横に振った。

「ワイバーンをも防ぐ絶対防御。言ったとおりだったな。迷いもせず飛び出して町の人を救ったとも聞いた。サラ、私はお前のことを誇らしく思う」

「はい」

サラはその言葉に思わず涙がにじんだ。

なにげなく、いつものように帰ろうとしていたけれど、今日のサラはいつものサラではない。町の人を助けるために無我夢中で飛び出し、ハンターでもないのに魔物と戦ったサラなのだ。

元は大人とはいえ、一五歳の少女には少々荷が重かった一日をライがねぎらってくれたことで、ようやっと気が緩み、報われたような気持ちになる。

「アンディ、すまないがサラを屋敷まで送ってやってくれないか」

「は、喜んで」

「余計なことはするなよ」

ライは屋敷まで護衛をするようにと騎士まで付けてくれた。なにやら警告も付けながら。

「すみません、町の人を守るほうが大切なのに」

「いえ、ご領主の大事なお嬢様を守るのも大切な仕事です。それに、送り届けたら、ちゃんと戻って町の人を守りますから」

茶目っ気のある言い方がおかしくて騎士を見上げると、どこかで見覚えのある人だった。

「ダンジョンで一度お話ししたことがあるんです。もう二年以上前のことですが」

サラは思い出した。

「ああ、ニジイロアゲハの時の、暇な騎士様」

「そんなふうに覚えられていたとは」

天を仰いだその様子がおかしくて、サラはクスッと笑ってしまった。

「婚約の申し出は断られてばかりですが、もしかして理由はそれでしょうか」

サラは思い出した。アンディとは何度も婚約を申し込んできたハイドレンジア在住の子爵家かなにかの人だ。ライはこの人が誰かわかっていてサラを送るように頼んだのだろう。ライにはちょっとおせっかいなところがあるのだ。きっとサラの選択肢は多いほうがよいと思ったとか、後で言い訳するに違いない。

しかし、情けなさそうな表情の騎士に、サラは厳しく言った。

「そもそもよく知りもしない人とは婚約しません。では今から知り合おうとか言うのもなしですよ」

この世界の貴族にはこう釘（くぎ）を刺しておかないと後で自分が困ることになる。

「他の人にも断ったんですが、私は少なくともあと一五年くらいは、薬師としてきちんと修行したいんです。誰とも婚約は考えていません。そういう理由です」

「一五年。確かに一つの職業を極めたければ、最低そのくらいはかかるか」

意外と物分かりがいいようで、サラの好感度は少し上がった。

「気長に待つと言ってもだめですか」

「気持ちの負担になるので、諦めてください」

サラはきっぱりと言った。

「そうか」

がっかりした騎士を見て、サラは厳しい表情を緩めた。気の毒に思ったからではない。大変なことが起こっているというのに、婚約の話を、しかも雑談のようにしていることがとても現実離れをしているように思えたからだ。

「さっきの話、聞こえてました？　タイリクリクガメが出たって」

「ええ、聞こえていました。正直、伝説だと思っていたので、驚いています」

「私も。でも、私はローザにいたことがあるんです。ローザの三重の城壁を実際に見ているので、ちょっと実感が湧くというか」

普段なら嫌な婚約話をさらっとかわし、こんな話ができたのも、この状況のせいかもしれない。

「城壁といったら王都のものしか見たことがありませんが、それが三重ですか？」

「王都のものとは違うんですよ。三階建ての家くらいの高さがあって、頑丈で。しかも、城壁の外側には町全体を覆う結界が張られているんです」

そんなふうに楽しく話をしていたら、あっという間にライの屋敷に着いた。

「それでは私は町に戻ります」

「はい。お気をつけて」

騎士を見送ったサラは、自分も成長したものだと思う。

前まではとにかく婚約の話を聞くことそのものが嫌だった。まだ早いと思うだけでなく、サラが招かれ人であるという特性だけで求められていると思っていたからだ。

だが、自分がどう生きたいかがきちんと決まっていれば、いくつ婚約話が来たとしても、断ればそれで済む。面倒なことだが、いちいちそれで苛立つ必要はない。

気持ちを切り替えて屋敷に入り、ライとネリー、それにクリスの帰りを待つサラだったが、その日のうちに三人が帰ってくることはなかった。

　次の日、サラは目が覚めると、急いで隣のネリーのベッドを見た。布団が盛り上がって赤い髪がはみ出しているのを見てほっとする。日付は変わっても夜のうちには戻ってこられたらしい。

　魔の山では別の部屋に寝ていたが、ハイドレンジアに来てからは、最初に泊まった東の塔の部屋でいつも一緒に休んでいる。そろそろ自分の部屋を、とも思うが、ネリーが何も言わないのをいいことに甘えている自覚はある。

　サラは音を立てないように布団から出ると、静かに着替えて部屋から出た。

　朝食のテーブルには、クリスが一人座ってお茶のカップを傾けていた。寝不足だろうに、きちんと後ろでまとめられた銀髪は朝日にきらめき、相変わらず端正な顔立ちである。

「クリス、おはようございます」

「ああ、サラ。おはよう」

　そうして立ち上がると、手ずからお茶を淹れてくれた。そしてふっと微笑んだ。

「昨日、ワイバーンを倒したそうだな」

「倒したというか、勝手にバリアにぶつかって」

　この説明はこれで何度目だろうと少しうんざりする。

「どういうやり方だろうと町の人を守ったのだから、素直に褒められておけ」

　つまり、珍しくサラのことを褒めているんだろうなと思うが、ちっとも褒められた気がしないのがクリスである。

「さて、あとでまた聞かされるかもしれないが、一応私から先に昨日のことを話しておく」

クリスはサラの向かいの席に戻ると、足をゆったりと組んだ。

「タイリクリクガメは、ダンジョンの揺らぎの壁を通って、一日で二つ上の階層に進んだ」

「一日で二階分……ということは」

「ハイドレンジアのダンジョンは一五階ある。八日目には外に出るということだ」

それは早いというのか遅いというのかはサラにはわからず、どう返事をしていいか迷う。

しかし、クリスはサラの反応を気にも留めず淡々と説明を続けた。

「どうやら夜は動かない。日が沈んだ時間にはピタリと動きを止めた。朝は確認していないが、おそらく日が出たら動き始め、夜になったら止まる。伝承にもそのようにあったように思う。今確認中だが」

サラはふんふんと頷きながら話を聞いた。

「八日後に、いや今日からだと七日後か、ダンジョンを出てからは、まっすぐに北の魔の山を目指す。途中に何があっても曲がることはないので、このままだと王都の東をかすることになる。したがって昨日のうちに王都にも伝令を出した」

かするという言い方をしているけれど、実際にどのくらいの被害が出るのか予想もつかない。

「この速さだと、王都まで二週間、そこからローザまで二週間、そして魔の山まで二日ほどでたどり着く」

体が大きいせいか、思ったより動きが速い。

「だが、よく考えてみると、思いのほか問題は小さい」

「小さい？」

サラは意外に思って聞き返した。

「ああ、少なくともハイドレンジアのことだけを考えればな」

「つまり、えーと」

「ハイドレンジアのダンジョンからタイリクリクガメが出たら、あとは見送るだけだ。そしてダンジョンの壁の揺らぎが収まるまで、いつもより丁寧に監視し対応するだけでいい」

「なるほど」

昨日ワイバーンやヘルハウンドが出てきたときこそ大騒ぎになったが、問題になるのはそこだけだ。

「ダンジョンの異変がタイリクリクガメのせいなら、いなくなれば収まるいうことですか」

「そのとおり」

その結論が出たから、ネリーたちもいったんは帰ってこられたのだろう。

「でも」

サラはローザの町のことを思う。ハンターギルドの人たちはもちろん、食堂のおばさん、それに町の外住みの人やたくさんの屋台など。城壁の中にも外にも、たくさんの思い出がある。

「ローザが気になるか」

「はい」

サラは大きく頷いた。

「私もそうだ。ネフの後を追ってきたことがきっかけとはいえ、長い間ローザの薬師ギルドにいたのだからな」

クリスに出会ったときは最初は不信感しかなかったが、ギルド長として薬師ギルドを取りまとめてきたのだ。やはり思い入れがあるのだろう。

「だがローザの第三層は、こういう時のためにある」

「でも、第三層にしか住めない人が家や店を壊されたら、やり直しは大変ですよね……」

「そうだな」

冷たいようだが、それがローザという町の構造なのだ。

「私はなにか手伝うことはありますか。カレンからは、ハンターギルドの手伝いを優先していいと言われているんです」

「カレンがか。そうか」

クリスは意外そうに軽く目を見開いた。

「サラはそれでいいのか？」

「はい。薬師の修行をする時間はこれから先もありますから。急いでも仕方がないし」

ローザでハンターギルドの身分証をもらったときにサラは、やっとこの世界で生きる権利が認められたと思った。そこから先で大事なのは、自立してネリーと一緒にいるということだけで、それを見失わなければいいのである。

「私個人としては、サラに特に望むものはない。タイリクリクガメが出現した時代に立ち会うことができたのは興味深いが、薬師としてやるべきことはいざという時のためのポーションの増産くらいだから、薬師としてのサラの成長にも、特に役立つとは思えないしな」

ハンターギルドから何かを求められるかもしれないから、その時は好きにするといいという、大変突き放した答えが返ってきたので、サラは苦笑するしかない。とてもクリスらしかったからだ。

それだからか、なんとなく他人事なクリスを、ちょっとからかってやりたくなった。

「本当に薬師としてやるべきことがそれしかないと思うんですか？」

「どういうことだ？」

クリスはいぶかしげだ。

「私の国では、カメとトカゲは同じ爬虫類で、つまり仲間なんです」

「同じ仲間？　あんなに形が違うのにか」

「はい。そして私の国にはワイバーンも渡り竜もいなかったけれど、トカゲは竜の仲間だと思うんです」

竜は伝説上の生き物だから仲間というのはおかしいが、要は空を飛ぶトカゲだと思えば同じ仲間だろうとサラは思うのだ。

「トカゲはカメと同じ分類。そしてトカゲは竜と同じ。ということは」

「カメは竜と同じ特質を持つのかも、ということです」

「つまり」

クリスは一瞬そこに何かがあるかのように宙を見つめたのち、ぽつりと言葉を落とした。

「ワイバーンや渡り竜と同じ、竜の忌避薬が効く可能性がある」

「かもしれませんね」

サラのその考えは想像にすぎないが、クリスが思いつかなかったことを指摘できてちょっと気分がいい。

「渡り竜の季節は終わった。在庫はすべて王都に送ってしまった」

確かに、竜の忌避薬は普通のダンジョンでは使わないから、在庫を置く必要はない。狩るはずのワイバーンが逃げてしまっては意味がないからだ。

そりゃそうだとサラが頷いていると、クリスはすっと立ち上がる。

「ネフには、私が薬師ギルドに向かったと伝えてくれるか」

「ええ？　は、はい」

「では失礼する」

「はい？」

他人のような挨拶なのは、もうすでにサラのことは目に入っていないからなのだろう。サラと話をして、忌避薬の可能性を試してみたくなったに違いない。

「でも、このくらい自分勝手なほうがクリスって感じがする」

サラはクスクスと笑いながら、少し冷めた紅茶を飲んだ。

「私はシロツキヨタケもギンリュウセンソウもまだ扱えないし、やっぱり薬師ギルドでのお手伝いには役に立ちそうもないや」

「サラ！　おはよう」

「ネリー！」

少し寝ぼけた顔のネリーが食堂に入ってきた。よほどのことがない限りメイドの手伝いは断っているので、結った髪が少しぼさぼさだ。起きたらサラがいなかったので慌てて支度してきたに違いない。

ネリーは立ち上がったサラをもっと小さかった頃のようにギュッと抱きしめると、満面の笑みを浮かべた。

「ワイバーンを倒したと聞いたぞ。さすが私のサラだ」

「倒したっていっても、いつものようにバリアにぶつかってきただけなんだよ」

また同じ言い訳をするサラに、ネリーは首を左右に振った。

「それがどうした。サラのバリアはサラの盾でもあり剣でもあるというだけのことだろう。私にとってのこれのようなものだ」

そう言ってこぶしをぐっと握って見せた様子に、サラは目をきらめかせた。

「ネリー、やっぱりかっこいいよ！」

「そ、そうか」

そして照れてほんのり赤くなるネリーはかわいい。

「さ、朝ご飯にしてもらおうよ」

「そうだな」

クリスとサラがお茶を飲むあいだ控えてくれていた給仕の人が、いそいそと動き出してくれた。

「クリスからだいたいのことは聞いたけど」

「そうか。そういえばクリスはどうした」

朝もうっとうしいくらいネリーにまとわりつくクリスがいないことにやっと気がついたらしい。

「先に薬師ギルドに行くって。タイリクリクガメに忌避薬が効くかもっていう話になって」

「カメにか。竜とはだいぶ違うようだが」

「それがね」

サラはさっきもした説明を繰り返した。

「さすがに招かれ人の知識は一味（ひとあじ）違うな」

「こっちのカメと竜が同じかどうかはわからないけどね」

そんな話をしていたら、ライがやってきた。

「おはよう、ネフェル、サラ」

「おはようございます」

「父様、おはようございます」

ライは疲れを隠せない様子でドカッと椅子に座り込んだ。

「さすがにこの年で夜更かしはこたえるな。タイリクリクガメも、何も私の代で現れなくてもよかろうに」

「ほんとにそうですよね。あ、もちろんタイリクリクガメの話ですけど」

サラもうんうんと頷いた。

「ありがとうよ、サラ。さて、もう二人から聞いたと思うが」

褒めることを優先してくれたネリーからはまだ何も聞いていないが、サラはおとなしくライの言葉を待った。

「ハイドレンジアとしては、タイリクリクガメがダンジョンの外に出て北に向かったら、王都の近くまで護送することになるだろう」

「護送、ですか？」

護送とは、守りながら送り届けるということだ。

「そうだ。渡り竜と同じく、できるだけ傷つけることなく、無事に北へと進路を取らせる」

「そういうものなんですね」

サラとて、家ほどもある大きなカメが近くにいたら、退治するより遠くに行ってほしいと思うだろう。

「今までの記録を見ても、攻撃も魔法も効かないとある。だが、どの時代のタイリクリクガメも、魔の山に入っていつの間にかいなくなっていることは共通しているからな。私としては、南部の安全が保たれればそれでいい」

領主としてはそれが正しいと思うので、サラに不満はない。

「ハンターギルドには基本的に、壁が揺らいでいるダンジョンの管理を強化してもらい、数人の優秀なハンターと南方騎士隊が護送を務める」

　サラはふむふむと頷いた。クリスの説明を聞いてもいないのに、ライの説明はちょうどクリスの足りないところを補ってくれているようだった。そこまで説明すると、ライはサラのほうを申し訳なさそうに見た。

「サラにはネフェルと共に、王都までの護送に参加してもらいたいのだが、大丈夫だろうか」

「大丈夫です」

　本当はちっとも大丈夫ではないのだが、サラは反射的にそう答えていた。

　サラは招かれ人として何らかの仕事に参加するのだろうなと思ってはいたのだが、それがカメの護送だとは思いもよらず、戸惑いが先に立ったのは確かだ。だが、ネリーと一緒と言われて自然に了承の言葉が口から滑り出てしまっていた。

　ちょっと不安だけれど、大丈夫。だが、サラは先ほどのライの言葉に、ちょっと気にかかる部分があった。

「あの、ライ。私の役割って、いざという時バリアを使うことだと思うんですが。さっき、タイリクリクガメには魔法が効かないって言ってましたけど、私のバリアも効かないんじゃないでしょうか」

「ふむ。確かにあてにしていた部分はある」

　ライは髭(ひげ)をひねってなるほどという顔をした。

「まあ、バリアのない時代もなんとかなったのだ。とりあえずハイドレンジアが戦力を出し惜しんだと言われないために、サラは賑（にぎ）やかしとして参加してくれればよい」

「招かれ人としてですね。そういうことなら大丈夫です」

サラはもう招かれ人であることを隠していない。ライや身近な人が助かるなら、招かれ人であるということをどんどん前に出していけばよいと思っている。

「それでも私、タイリクリクガメに、本当にバリアが効かないかどうかは試してみたいなあ」

そうサラがつぶやくと、それまで黙って話を聞いていたネリーがニコッと笑った。

「いいぞ」

「え？」

「いいぞと言った」

ネリーは二度いいぞと繰り返すと、理由を説明してくれた。

「タイリクリクガメがダンジョンの外に出るまで、推定七日ある。その間、タイリクリクガメには申し訳ないが、物理攻撃、魔法攻撃が本当に効かないのかどうか試してみる予定なんだ」

「でも、暴れたら危なくない？」

「だからダンジョンにいるうちにやるんだ」

こんなことを言うのはなんだが、サラはネリーが頭を使っていろいろ作戦を考えていることに感動した。ネリーなら、身体強化で押せばタイリクリクガメでもなんとかなると言いそうだと思っていたからだ。黙り込んだサラを見て、ネリーが渋い顔をする。

「サラ。いくら私でもそこまではないぞ」

「何も言ってないよ、私」

「言ってないが、伝わってきた」

「ハハハ、気のせいだと思う」

じっとりと睨(にら)まれるという貴重な体験をしたサラだが、ネリーはすぐに真面目な顔に戻った。

「まあ、一度見てみたらわかる。あれは力技や小手先の対策でどうにかなるものではない。まさに天災そのものだからな」

その言葉は、その日ネリーと一緒にダンジョンに入ってみて初めて理解できた。

アレンやクンツ、それに他のベテランハンターたちと並んで深層まで駆け抜けたサラは、深く潜るにつれ、ドシン、ドシンというかすかな揺れを感じて驚いた。

「もしかして……」

サラの疑問にはネリーが即答する。

「そうだ。タイリクリクガメの足音だ」

「階層を越えて響いてくるって相当だな」

クンツがヒューと口笛を吹く。

「それにしても」

サラは走りながらあたりを見渡した。

低層階ではたまにしか見かけなかったヘルハウンドが遠くで群れているのや、オオツノジカを追いかけているのが見える。当然、空にはワイバーンが飛んでいる。

「ちょっと魔の山みたい。懐かしい」

「同じように見えても、魔の山よりは魔物は弱いぞ」

サラとネリーの会話にクンツがあきれたように頭を左右に振った。

「その会話、おかしいって。サラもネリーも本当に特殊な環境にいたんだな」

サラもローザに行くまでは特殊な環境だとは知らなかったので、そう言われてもちょっと困る。

やがて揺れだけでなく、音まで聞こえるようになった階で、ネリーは足を止めた。

「一二階。昨日の夜一三階で止まった奴は、今日この時間ならおそらくこの階にいる。ほら」

ドシン、ドシンと響くたびに、森から羽の生えた魔物が飛び立つのが見える。同時に、昨日からカメを見張っていたハンターたちとも合流した。

サラにとっては初めて見る魔物だ。時折バリバリと聞こえるのは、木が倒されている音だろうか。

「覚悟はいいか」

ネリーの言葉にサラたち三人と、ハンターたちは頷いた。

そのまま音の聞こえるほうに進むと、森の上に灰色の山のようなものが突き出ているのが見えた。

「山が、動いてる」

それは異様な光景だった。ドシン、バリバリという音と共に、森の木の上を山が移動している。

「ケーッ」

「うわっ」

そうと思うと森から巨大な鶏が何羽も飛び出してきて、サラたちの横を駆け抜けていった。バリアがあっても驚きまでは防げない。

「尻尾が、ヘビだった」

「あれがコカトリスだ。尻尾はサラがよく煮込みにしてくれただろう。時間があれば狩るのだが、惜しいな」

ネリーはあくまで通常運転である。

「やはりまっすぐ揺らぎのところに向かっているな。よし、森から出るところに先回りして待とう」

振動は地面を揺らすだけでなく、大気さえも震わせるようだった。

急ぎ足で森の切れ目に向かうと、少し距離をとって待機する。森の出口を注視していると、隣から苦しそうな声が聞こえた。

「うう」

「クンツ。どうした」

アレンが不思議そうに声をかけているが、苦しそうなのはクンツだけではなかった。ハンターのうち数人がやはり息苦しそうにしている。

「アレンは感じないのか。さすがだな」

クンツは苦しそうな中でも苦笑した。

「圧だ」

「圧？」

「魔力の圧さ。ネリーとザッカリーも感じなかったかもしれないが、すごい魔力を感じる。正直、人からは感じたことのないレベルだよ」

ほかのハンターもそうだと言わんばかりに頷いている。

言うまでもなく、サラは魔力の圧など何も感じないので、ネリーはどうだろうかと見てみると、涼しい顔をして静かに立っている。アレンもだ。

「無理なようなら、少し後ろに下がるがいい。多少離れていても見えるはずだ」

近くで何かをするわけではない。今日のところは観察だけだからとネリーが指示を出す。

タイリクリクガメを相手にどのような実験をするかは、ハンターギルドでザッカリーとクリスが中心になって計画を立てているはずである。

すぐに森のざわめきが大きくなった。

ぬうん、と。まず出てきたのは長い首である。サラは衝撃で何かに心臓をギュッとつかまれたような気がした。

「へ、ヘビ」

足も甲羅もまだ森の中に隠れている状態では、木の隙間からいきなり太いヘビが出てきたようにしか思えない。しかも、少し離れているとはいえ、その首が出ているのは家の二階よりも高い場所だ。

驚きが収まらないうちに、左前足がドシンと姿を現し、右前足がにょきりと姿を現す。やがて大きく盛り上がった甲羅が見えた。

「で、でかい」

見守るハンターから思わず声が漏れたが、その声は驚きと畏怖に震えていた。確かにカメと言われればカメ以外の何物でもないのだが、家一軒分とはいえ、町の大きな建物よりなお大きいその姿は、あまりにも現実離れしていた。

「そのまま揺らぎのほうに向かうぞ。昼の間はああして休むこともなく、食事をとることもなく、よそ見をすることもなく一定のスピードで前に進んでいるんだ」

「ふわあ」

大きな甲羅の下の首や手足は、少しは柔らかいはずなのだが、まるで岩そのものが動いているようで、攻撃するなど想像もできない。歩く天災だと、ネリーが言った意味がわかったような気がした。

だがそのネリーは腕を組んだまま目をすがめてタイリクリクガメを観察している。まるで弱点を探しているかのようだ。

「硬い外皮に覆われているものは、たいていつなぎ目の柔らかいところが弱い」

「やっぱり」

サラは思わずため息を漏らしてしまうが、どんな魔物でもどう倒すか考えるのが優秀なハンターなのだろう。

「だが、その柔らかいところに刃が通ったとしても、あまりに分厚く肉まで達するかどうかすら怪しいな、あの巨体では」

タイリクリクガメにとっては、人間など羽虫のようなものだろう。

「ネリー。それなら目はどうだ」

そう提案したアレンも腕を組んで真剣にカメを観察している。

「そうだな。目か口の中か。それなら魔法師のほうが役に立つかもしれないな」

「目、目はつぶせるかもしれないし、口の中も怪我をさせることはできるかもしれない。だが、あの大きな体に、魔法で致命傷を与えるのは難しいと思う」

クンツが苦しそうな顔をしながらも、会話に参加した。

「魔法師の考えはそうなるか。おっと、私たちも移動しよう」

タイリクリクガメは一歩一歩ゆっくりと歩いているように見えるが、なにしろ歩幅が大きいため、人が身体強化で走っているほどの速さがあり、話している間にも、サラたちの前をあっという間に通り過ぎようとしていた。

カメと並走しながらサラは、こんなふうに王都まで護送するんだなと先のことを考え、日中走り続けるのはけっこう大変かもしれないと思うのだった。

やがて遠くにダンジョンの壁が見えてくると、ネリーが走りながらつぶやいた。

「それにしても、もう少し近くで見てみたいと思わないか、サラ」

「え？　私？」

サラは別に近くで見てみたいとは思わなかったが、ネリーはこくりと頷いた。

「そうだよな、サラも近づいてみたいよな」

「え、いや、そうでもないというか、うわっ」

サラが慌てて断ろうとしたが、時すでに遅し。ネリーはサラの腰を左手でぐっと引き寄せた。ネリーよりかなり背の低いサラの足は思い切り中に浮く。

「行くぞ」

「え、行きたくな、わーっ」

ネリーはそのままタイリクリクガメの近くまで走った。近くに来ると本当にただの岩山か、古代遺跡にしか見えないなと思ったサラは現実逃避をしていたのだと思う。

「跳ぶぞ」

もはやサラは何を言っても無駄だと理解したので、ネリーのなすがままである。

ネリーはぐっと踏み込むと、大きくジャンプした。

身体強化って、走るだけでなく、跳ねるほうにも使えるんだなと、宙を飛びながら思うサラの前にみるみるカメの甲羅が近づいてくる。

と思ったら落下を始めた。

「よし！」

よくないよねという言葉はもはや出ない。

ネリーが着地したのはカメの前足で、着地したと思ったらすぐにまた跳ねたので、サラは上下に揺られてもう何が何だかわからなくなりそうだった。

「こんなものか」

どんなものだよと言いたいサラは、跳ねたと思ったらやっと硬い地面に降ろされたので、ほっとして座り込んだ。

「ハハハ。遠くまで見えるぜ」

場違いな弾んだ声はアレンのもので、サラが顔を上げると、アレンが手をかざして遠くを見ている。つられて遠くを見てしまったサラはめまいがしそうになった。

「こ、ここ」

「ああ。タイリクリクガメの甲羅の上だ」

「近すぎるよね？　いくらなんでも」

確かにネリーは近づきたいとは言っていたけれど、これでは近づいたのではなく、乗っているというほうが正しくはないか。

「サラ、うまいこと言うな」

なぜアレンもここにいて、そしてそんなに楽しそうなのかとサラは言いたかったが、要するにネリーの後をそのまま付いてきたということなのだろう。アレンの身体能力は本当に高いのだなと思う。

「驚いてバリアなんて消えちゃってるんじゃないのか」

からかうように言うアレンを、サラは情けなさそうに睨んだ。

「最初に驚かせてバリアを消させた人がそれを言う？」

「ごめんごめん」

頭をかくアレンは置いておいても、サラはバリアはしっかりと身にまとっていた。たとえ普段は薬師の仕事をしていても、バリアを張る訓練を欠かしたことはない。もうよほどのことがない限り、驚いてもバリアを外すことはないだろう。

「あれ。消してないはずなのに」

ドシン、ドシンと振動が足元から伝わってくるし、カメの首は目線の下に存在する。つまり、サラは今タイリクリクガメの甲羅の上にいる。そして、自分の身の周りには確かにバリアが張られているのに、足元だけバリアが消えているような気がするのだ。

サラは座ったまま、地面、いや、カメの甲羅に手を当ててみる。

「消えた……」

手にまとっていたバリアが消えた。

サラは少し考えて、バリアを大きくしてみた。

「上は大丈夫なのに、カメと接している部分だけが消えてる」

「ギエー」

大きくしたバリアに、いつの間にか近づいていたワイバーンがどんとぶつかって、そのままカメの甲羅から落ちていった。

「ああ、もったいない！　あ、下のハンターが拾ってくれた。よかった」

アレンがほっとしたようにワイバーンを目で追いかけていたが、サラはそれどころではなかった。

「バリアをいくらカメの甲羅にぶつけても、なんか消えちゃう。なんで？　魔法は効かないから？」

サラは、その後も何度も甲羅にバリアをぶつけてみて、その感触を必死に確かめた。

「魔法が効かない、というか、吸われてる、気がする」

「効かないと吸われるとではどう違う？」

ネリーの疑問に、サラはすぐには答えることができなかった。

「ええとね、魔法の効果がないのではなく、魔法が崩されるというか、バリアを作っているそばから魔力がなくなっていくというか」

この違和感をどう説明したらいいのだろう。

「ふむ」

ネリーはカメの甲羅に目をやると、いきなり片膝をついて、甲羅に手を触れた。

それから触れた手を上に移動させると、こぶしを作り、一気に甲羅に打ち込んだ。

「つっ」

そして珍しく痛そうな声をあげると、呆然とした表情でこぶしを見た。サラがネリーのこぶしに目をやると、少し赤くなってすりむけている。

「ああ、ネリー。大変」

サラは慌ててネリーの手を両手で包み込むようにした。それからはっとしてポーチからポーションを出し、ネリーの手に振りかけた。

「あ、ああ、サラ。ありがとう」

ネリーは手を開いたり握ったりして確かめている。

「身体強化は魔法だが、強化したい部分にかけるものだ。タイリクリクガメに魔法が効かないといっても、体内にかけた魔法を打ち消すほどではなかろうと思った。実際、甲羅の上までは身体強化で来られたのだし」

ネリーは自分に言い聞かせるように話している。

「だが、甲羅にこぶしを打ち込んだとき、こぶしの表面だけ身体強化が消された気がしたんだ。今ならわかる。サラの言うことが」

それを見ていたアレンが、こぶしをぎゅっと握ると、何かを確かめるようにカメの甲羅に何度も打ちつけた。

「力が散る、違う。力が消される、これは近い。力が吸われる、うん。吸われてるんだ」

それからすっと立ち上がる。

「ネリー、サラ」

サラもネリーもアレンが何を言うのか固唾(かたず)を呑(の)んで待ち受けた。

「そろそろ壁にたどり着きそうだ。戻ろう。皆も呼んでる」

「そっち？」

サラの力が抜けたのは言うまでもないが、一人だけでも現実的な判断ができてよかったとも思う。カメと一緒に壁の揺らぎに巻き込まれては何が起こるかわからない。

そして情けないことに、ネリーに荷物のように連れてこられたサラは、帰りも荷物のように抱えられて地面に戻るのだった。

「これがワイバーンを二頭も倒した子だとは思えないよな」

ふらふらしてクンツに笑われたって仕方がない。サラにとって身体強化は走るものであって、断じて跳ねるものではないのだから。

「クンツも抱えられて飛んでみたら私の気持ちがわかるよ。それにワイバーン二頭ってなに？」

「さっきも一頭倒してただろう」

「俺が預かっているからな」

ハンターの一人が手を上げて教えてくれた。

「あれはバリアにぶつかって勝手に」

もごもごと言い訳するサラに、ネリーがあきれたように言い聞かせた。

「言っただろう、サラ。お前のバリアは、盾であり剣であると」

「そうだぜ。ハンターなら誰もがお前の力を認めてるんだから、卑下しなさんな」

一緒にいたハンターにも言われてしまった。

「それよりほら、見ろよ」

全員が振り向くと、タイリクリクガメが何もないダンジョンの壁に迷わずに進んでいるところだった。

「ああ、ぶつか……らない？」

わかっていても身構えてしまう。タイリクリクガメが音もなく首から壁にめり込み、左足、右足、甲羅、尻尾と消えていく様はなんとも言えない不思議なものだった。

「本当に階層を越えるんだな……」

アレンのつぶやきは、声に出さずともその場にいる全員の思いだった。

「さあ、急いで次の階へ戻るぞ」

ネリーの声に、また皆走り出した。忙しい一日である。

毎日順調に前に進んでいくタイリクリクガメに、ハンターギルドはありとあらゆる攻撃を試してみていた。といっても、倒したいわけではない。魔法が効くか、物理攻撃が効くか、効くならどの部分かということである。

しかし、体のどの部分にどういう攻撃をしても何の反応もないし、傷一つつけられない。

唯一反応があったのは目を攻撃したときだが、それでさえ、一瞬目を白いものが覆った程度だ。

「瞬膜、か。しかも硬い」

瞬膜とは鳥やトカゲが目を守る第二のまぶたのようなものである。

「瞬膜が出たということは、攻撃は認識しているということか。認識しているが、気にも留めていない、と」

総ギルド長のセディが、リクガメの反応に少し悔しそうな様子を見せる。

「手も足も出ない。こちらがカメのようだな」

サラはうまいことを言うと思ったが、そんなことを口に出す空気ではなかったのでぐっとこらえた。

「明日にはダンジョンを出てしまうが、クリスの忌避薬が間に合うかどうか……」

クリスの開発した竜の忌避薬は在庫がなく、ギンリュウセンソウの採取から始めなければならなかったので、時間がかかっている。悩んだ様子のセディが少しうつむいていた顔を上げると、ぱっと顔を輝かせた。

「いや、間に合ったか！」

階層の入り口から、クリスがやってくるのが見える。このところ夜遅く帰ってきているので、ライのお屋敷でも顔を合わせていなかったサラは、クリスと久しぶりに会ったような気がする。

だが、サラなど目にも入っていないのがクリスという人である。

忌避薬を届けに急いで来たのかと思えば、まっすぐにネリーのもとに向かい、抱きしめるかのように手を伸ばした。

「ネフ！　忙しくて毎日ネフが足りなかった」

「いいから忌避薬を出せ」

その手はネリーに無情にも振り払われ、加えてまるで強盗のようなセリフを浴びているので、サラはちょっと胸がすっとする思いである。

「仕方がない。苦労したのだぞ」

ぶつぶつ言うクリスは、しぶしぶポーチから忌避薬の瓶を二つ出した。受け取ったネリーはセディにそれを見せた。

「兄様。これをどうする」

「そうだな。クリスはどう考える」

質問がクリスに戻るのであれば、ネリーを挟む必要はなかったんじゃないかなと思うサラだが、クリスはネリーにデレデレとしていた表情をすっと戻すと、きちんとセディに向き合った。

「渡り竜には、遠くから焚火の煙で匂いを送るので十分だった。だが、そんな悠長な実験をしている暇はないのではないか」

「そうだな。時間が足りない」

「では」

クリスはその場にいたハンターたちのほうに振り向いた。

「王都の騎士隊の真似をしてみるのがいいと思う。あー、騎士隊の麻痺薬の検証に参加したことがあるのは……」

「私だ」

「俺もです」

クリスの問いかけに答えたのは、ネリーとクンツである。ハイドレンジアから指名依頼で呼ばれたのはネリーだけだったし、依頼に応じて自主的に参加したのは、この場ではクンツだけだったからだ。

「俺は参加はしてないけど、サラの護衛をしながら、間近で見てはいた」

これはアレンである。

「だけど、騎士隊は麻痺薬をくくりつけた弓矢を使っていた。ここに弓を使うハンターはいないと思うけど」

真似をするのは難しいだろうという、アレンの意見だ。

「確かに、弓を使うのは難しいだろうが、魔法師ならつぶてを飛ばす要領でできないか？　あるいは身体強化で投げつけるのもよいと思うが」

クリスの提案に、セディはもうずいぶん先まで進んでいるリクガメの尻尾の先を睨んだ。

「ベテランのハンターならできるだろう。ただし、あれが止まっていればの話だ」

「む」

身体強化した人が走ってやっと並走できる速さである。しかも走りながら、二階の屋根ほどもある高さの頭に正確に瓶を投げつけなければならない。

「いや、クリス。すまない。薬を作るのがクリスの仕事で、その薬をどう使うかは我々ハンター側の仕事だ。責任を押しつけるようなことを言ってすまなかった」

セディがそう謝罪し、何かを払いのけるようにかすかに頭を左右に振った。払いのけようとしたのはきっと自分の甘えた気持ちに違いない。

「では私が」

「じゃあ俺が」

同時にあがった声は、ネリーとアレンのものだった。お互いに顔を見合わせている。

「弟子の分際で、でしゃばるな。ここは師匠に譲れ」

「師匠こそ、そろそろ体を大事にしたほうがいいぞ」

「ひえっ」

思わず声が出たのはサラである。なぜ突然、師弟対決が始まったのか理解できずにおろおろしてしまう。しかも、二人とも普段言いそうもない乱暴な物言いである。

「ネリー。その瓶を一つ俺にくれ」

「しかしな。正直、危険すぎる」

何をやろうとしているのかはわからないが、危険だから、お互い自分がやると言っているらしい。

「ネリーだってわかってるんじゃないか。だったら、二人でやろうぜ。どっちかが当たればそれでいいだろ」

「ふむ」

二人だけで通じる話にサラは付いていけない。

「よし、では行こう」

「ああ」

「ちょっと待て！」

さすがに制止したのはセディである。

「お前たち、何をしようとしている」

ネリーは忌避薬の瓶を持っていないほうの手をひらひらと揺らめかせた。

「ああ、ちょっとカメの上に」

タイリクリクガメの上はちょっとお散歩にという感じで行くところではないとサラは言いたい。

「甲羅から投げれば走らなくて済むだろ」

そしてタイリクリクガメの上は走らなくて済むために登るところではない。

「な！　そんな無茶を！」

とっさに二人を引き止めようと伸ばされたセディの手をひらりと交わして、師弟はタイリクリクガメのほうに風のように走り去った。

「あんの筋肉馬鹿どもめ！」

「ぐふっ」

この状況におろおろしていても、サラは筋肉馬鹿という言葉に思わず噴き出してしまった。だがそのサラにクリスが声をかけた。

「笑っている場合ではないぞ、サラ。ネフが忌避薬を投げる前に追いつかねば。何が起こるか見当もつかないのだからな」

「そうでした。あと、アレンも忘れないでください」

クリスはネリー以外のことがすぐに頭から抜けてしまうから困ったものだ。

そうしてサラたちも急いでリクガメの首が見えるところまで走る。

並走しながら見上げると、リクガメの上には小さな人影が二つ見えた。

二人は顔を見合わせて頷くと、大きく手を振りかぶった。

ドシンというリクガメの足音にまぎれて音は聞こえないが、確かにリクガメの頭に瓶がぶつかり、かすかにしずくがきらめいたような気がした。

ドシン、ドシンと二歩進んで、リクガメは止まった。

「おお、初めて止まったぞ！」

リクガメと同時に距離をとって止まったセディは喜びの声をあげる。

だが、クリスは違った。

「ネフ！　アレン！　降りてこい！」

リクガメの上で、止まった首をじっと観察している二人に大声で呼びかける。

その声にハッとした二人が、顔を見合わせて頷いた瞬間だった。

「フシュー」

と、何かから空気が抜けるような音が響いたかと思うと、リクガメは思い切り首をそらし、ありえない角度で頭を甲羅に打ちつけた。

ちょうど飛び降りようとしていた二人は直撃は避けられたがバランスを崩し、そのまま甲羅から落下した。

「ネフ！」

大きな声をあげるクリスと対照的に、ネリーとアレンが落下していくのを黙って見ているサラは、驚きで何もできなかったように見えただろう。だが、サラの頭の中は大忙しだった。こんなふうに危機に巻き込まれたことは、悲しいことだが何度もある。

「立ちすくむな。自分にできることを考えるの」

サラは自分に言い聞かせた。バランスを崩して落下したとしても、あの二人なら空中で体勢を立て直すくらいのことはやる。だが、地面に降りた瞬間にリクガメが動き出したら？

二人が落ちるのは前足のすぐそばだ。もし暴れる足に巻き込まれたら、身体強化していてもひとたまりもない。サラのバリアで守っても、リクガメが触れた瞬間にバリアは消えてしまう。

ならば、やるべきことは、可及的速やかに、ネリーとアレンをリクガメから引き離すこと。

「前にニジイロアゲハでやったはず。投網のように、二人を捕まえる！」

そこまで考え決断するのに、一秒もかからなかっただろう。サラは投網のようにバリアを伸ばし、巻き込もつれあうようにカメの甲羅から落下する二人に、サラは投網のようにバリアを伸ばし、巻き込んだ。と同時にリクガメは甲羅に打ちつけた頭を元に戻し、左前足を持ち上げる。

「バリアがカメに触れないように。よし！　こい！」

サラを支点にして、ネリーとアレンに伸ばしたバリアをきゅっと縮め引き寄せると、地面にふわっと降ろした。

すっとバリアを解くと、ふらつきながらもネリーもアレンも心得たように立ち上がり、すぐに警戒態勢をとってリクガメのほうに体を向けた。

「サラ、助かった」

「ありがとな！」

その言葉も聞こえないほどに、リクガメは首を振り回しては地面や甲羅に頭を擦(こす)りつけ、苦しそうにドシンドシンと足踏みを繰り返している。

「距離をとれ！」

セディの声と共に全員走り始め、いつでも逃げ出せる距離をとってから止まった。

同時に、リクガメは四肢、そして首をきゅっと縮めると、その場から動かなくなってしまった。

「あのままだと踏みつぶされるか、甲羅の下でぺしゃんこだったな」

そんなことを言いながらネリーが額の汗をぬぐっている。サラが手を出さなくても、二人の身体能力ならおそらく無事だっただろうと思いながらも、とっさに自分が行動できてよかったと胸を撫でおろす。

「サラ、改めて礼を言う」

「ありがとうな。宙を引っ張られる感覚は不思議だったけど、ニジイロアゲハの気持ちがよくわかったよ」

こんなときでも通常どおりの二人に脱力するが、安心もしたサラである。

「だが、状況は芳しくない」

クリスが腕を組んで、動かなくなったリクガメを観察している。

「なぜだ。タイリクリクガメに、竜の忌避剤が効くとわかったではないか。それも激烈に」

たった二瓶の忌避薬のみで動きが止まったのだ。魔法も攻撃もサラのバリアも効かなかった相手に初めて有効な手段ができたことをなぜ喜ばないのか。セディの疑問はその場の全員が思っていたことだっただろう。

「確かに効果はあった。タイリクリクガメを止めることに成功した。だが見てみろ。奴はその場に座り込んだだけで、進路はほとんどずれていない」

「確かにな。その場でばたばたと暴れて、その場で座り込んだだけだな」

「ハンターギルドがタイリクリクガメ相手に何が効くか実験を繰り返していたのはなんのためだ」

クリスの言葉にはサラでさえハッとした。

傷つけるためでも、討伐するためでもない。

「王都に直撃しないよう、進路をずらすため、か」

タイリクリクガメがハイドレンジアから出現したことで、魔の山に北上する際、王都をかする可能性が出てきたためだ。リクガメに嫌がらせをして、なんとかして進路を少しずらせないかを試していたはずなのだ。

そのまま誰も何も言えずリクガメを観察すること数十分。

ぐっという音が聞こえそうな動きと共に、リクガメが四肢を踏ん張り、体を起こし始めた。

「頭を甲羅にぶつけたのは、我らを攻撃するためではなく、刺激物をぬぐい去ろうとしたためか」

ネリーがそう言うとおり、タイリクリクガメは忌避薬をぶつけたネリーとアレン、そしてサラたちには目を向けることもなく、もともと向かうはずだった進路へと再び足を進め始めた。

「忌避薬を直接ぶつけても、時間稼ぎにしかならないのでは意味がないかもしれない。ただし、よほどのことがない限りこちらに反撃はなさそうだということがわかったのは朗報だろう」

ネリーの言葉にセディは大きく頷いた。

「事前に住民を避難させるしかないだろう。だが、王都の東部の街並みには相当の被害が出そうだな」

セディは大きく息を吐いた。

「これでハイドレンジアのダンジョン内で試せることはすべて試した。結果をまとめてすぐに王都に報告を出したら、タイリクリクガメを王都まで護送してそれで終わりだ」

王都のことは王都が対処するべし。タイリクリクガメが行ってしまえば、ある意味ハイドレンジアには何の関係もない。忌避薬の実験は成功した。成功したとしても大きな意味はなかったかもしれないが、その場の皆には、できることはすべてやったという満足感が残った。


次の日には、タイリクリクガメはダンジョンの外に出る。ワイバーンやヘルハウンドの出た地上部の揺らぎの場所には、ひと目タイリクリクガメを見ようとたくさんの人が集まっていた。

「もっと離れてくださーい。離れていても十分見える大きさですからねー」

その人々に声をかけて距離をとらせているのは南方騎士隊の人たちである。

領主であるライオットは最初、タイリクリクガメがダンジョンから出て、確実に魔の山へと進路を取るまでの間、万が一のことがないように、ハイドレンジアの町の住人すべてを避難させるつもりでいた。

だがダンジョン内での観察の結果、万が一のことはあり得ないだろうということになり、適切な距離なら見学も許すという方針に変わった。現代の日本なら、まずありえない判断だなとサラは思ったが、そもそも日本には魔物がいないということを思い出して苦笑する。

「まるで映画みたいな出来事に、主役の一人としてかかわってるなんて不思議だな」

魔物になんてかかわりたくないとずっと思ってきたのに、大きな魔物の護送部隊の一員として、これから王都に向かうのだ。

「映画とは何です？　それに、サラは怖くないんですか？」

サラのつぶやきに反応したのは隣にいるノエルである。まだ一三歳のノエルがなぜ護送部隊にいるかというと、「経験を積ませるため」に尽きるらしい。

身体強化が得意なわけでもないので、道中は馬車に乗りっぱなしという厳しい条件だが、それでもタイリクリクガメを観察する機会を逃したくないというノエルの主張に、ライが折れた形だ。宰相家から経験を積ませてくれと頼まれたというクリスも、反対はしなかった。

後輩として親切にしているサラが言うことではないが、みんなこのノエルという少年にはちょっと甘いと思う。

サラは映画についてひととおり説明した後で、怖くないということについてこう説明した。

「ダンジョンの中でずっと観察してきたけれど、タイリクリクガメはただ北に進みたいだけで、私たちのことなんてなんの興味もないみたいなの」

「興味がない？　こんなにたくさんの人がいるのにですか？」

「ノエルは、足元にアリがたくさんいたらどう思う？」

「アリですか？　え、います？」

ノエルは足元をきょろきょろしてから、はっと気がついた。

「タイリクリクガメにとって、僕たちはアリのようなものということですか」

「そう思うの。私たちだって、目的地に向かって歩くのに、足元のアリなんて気にしないでしょ」

「そんな。僕たち人間がこの世界を支配しているというのに」

サラは思わず苦笑してしまった。そして初めて、リアムの弟なんだなあと思った。サラにとっては、自分たちがすべてを管理してあげないといけないという、押しつけがましい考え方をしているのがリアムだという認識である。

人間が世界の支配者であるという考え方は、地球にもあった。その考えのもとに地球の資源を使い尽くし、環境を思いのままに変えようとすることを、やっと問題視する世界になりかけていたというのが正しい。

「支配はしていないよ。ダンジョンにしても、そこから得られる恵みを分けてもらってるだけのことだと思うけど」

「でも！」

納得できないという顔のノエルに、サラはもう少し説明を試みてみた。

「支配していたら、渡り竜に困らせられることもないし、そもそも魔物から身を守るための結界箱も必要ないでしょ。一緒に世界に暮らしていてお互いに迷惑な部分は譲り合っているってだけじゃない？」

「魔物と世界を譲り合うなんてとんでもありません」

サラも自分の考え方を押しつけるつもりはないので、手を振ってこの話は終わりと合図した。

「それより、そろそろ出てくるんじゃないかな。ほら、振動が大きくなってきた」

階を渡るときもそうだった。多くの群衆が固唾を呑んで見守る中、ダンジョンで初めてタイリクリクガメを見たときのように、何もないところからにゅっとヘビのようなカメの頭が出てきた。離れていてもその巨大さは想像がつく。ネリーたちハンターが出現予想地帯に控えているから、なおさらである。

そしてあの時のサラのように、群衆からは声ひとつ漏れなかった。驚きすぎて、悲鳴すら出ないのだろう。そして左前足、甲羅、右前足と、タイリクリクガメはその姿を現していく。

そして、その小さな山のような全容が目に入ったと思ったら、あっという間に尾を見送ることになった。そのくらいタイリクリクガメの歩みは速い。出現地帯に控えていたハンターと騎士隊はすでにリクガメを追って出発した。

「さ、私たちも付いていくよ」

「はい！」

サラはノエルや他の参加者と一緒に馬車に乗り込んだ。

王都まで二週間の旅の始まりである。

第二章　王都での攻防

　身体強化で追走するといっても、全力疾走ではない。王都まで二週間ということは、比較的のんびりした馬車の旅と同じということである。だが、朝日を浴びて動き出し、日が落ちると動きを止めるタイリクリクガメに合わせて旅を進めるのは、予想していたよりずっとつらいものだった。

　リクガメは魔の山までの直進コースをたどる。小さな山や急な丘などは回り込むが、回り込んだところからまた魔の山を目指す。それは時には街道から外れ、時には街道を横切ることもあるので、先のコースを下見して計算し、並走するのは神経をすり減らされた。

　サラたち馬車組は、止まる時間を作り出すために、まだ日の昇る前に出発し、リクガメに先行する。リクガメが追いついたら、また馬車で追い越すということを繰り返した。追走するハンターや騎士隊の人たちが休むために馬車に乗り込むこともあり、体力のあるサラでさえ、宿では疲れ果てて倒れ込むように寝てしまう。

　ハンターでもないノエルは、サラ以上に疲れていたが、それでも何度タイリクリクガメを目にしてもわくわくした様子を隠さなかったし、ツノウサギが跳ねる草原や、遠くに見えるワタヒツジの群れなど、馬車の旅そのものを楽しんでいるように見える。

　馬車の中で何もやることがなければ、ノエルに請われて身体強化のやり方を教えもした。

　ノエルが身体強化を教えてもらっていると自慢すれば、実践派のアレンに外に連れ出され、身体

強化で走らされたりもして、やはりアレンもネリーと同じだなとサラは苦笑する。

それでも、仕事はただ移動をするだけのタイリクリクガメを見守るだけで、むしろ親しい仲間と一緒に過ごす時間は楽しく、あっという間に過ぎ去っていく。だが、道のりの半分ほどのところに来たとき、ほとんど機能していない街道の王都方面から、早馬がやってくるのが見えた。

「定期連絡の馬車とは違うみたいだけど、なにかあったのでしょうか」

サラたちはその時、タイリクリクガメに先行して休憩中だったので、早馬がやってくるところをちょうど目撃することができた。護送の仕事は慣れてくると単調なので、いつもと違うことがありそうだとノエルがソワソワしている。

「王都からの早馬かあ。私は王都にはあまりいい思い出がないからな」

王都からというが、正確には、タイリクリクガメの担当の王都の騎士隊とハンターギルドからということになる。ノエルには悪いけれど、サラとしてはその王都の騎士隊に好感が持てたためしがない。

休めるときにはしっかり休もうと、その後ものんびりしていると、早馬の使者が、南方騎士隊の責任者を連れてサラのほうにやってくるのが見えた。

「あああ、嫌な予感がする。ノエルを迎えに来たとかだといいのに」

「嫌ですよ。せっかく楽しく過ごしているのに家に戻るなんて」

お互いに嫌なことのなすりつけ合いをするくらいには仲良くなっている二人である。

しかし、サラの期待もむなしく、近づいてくる使者の視線はサラに固定されている。

サラは仕方なく立ち上がって使者を待った。

「招かれ人の、イチノーク・ラサーラサ殿とお見受けします」

「ん！　いえ、はい、私ですが、サラで大丈夫です」

ネリーが間違えて伝えた、いや間違ってはいないのだが、自分のトリルガイア風フルネームを久しぶりに聞いたサラは一瞬返事に詰まってしまった。

「ネフェルタリ殿、アレン殿はタイリクリクガメと並走しているということで、サラ殿に先にお渡ししておきます」

王都からの手紙はロクなことがない。しかも、ネリーとアレンもというのが胡散臭い。だが、渡された手紙はハンターギルドからだったので、少しだけ安心して封を開けてみた。

「うわー」

さっと目を通したサラの口から正直な声が漏れてしまい、使者の視線がきつくなった。

「指名依頼は名誉なことです。招かれ人とはいえ年若いあなたは、もう少し身の程をわきまえるべきでは？」

ハイドレンジアに来たばかりの頃のサラだったら、こういった言葉に身がすくんで自分を責め、落ち込むばかりだっただろう。だが今のサラは違う。

「招かれ人とはいえ、年若い薬師にわざわざ指名依頼までして頼ろうとする騎士隊こそ、自分の身を振り返ってはどうですか」

このくらいは言い返せるのである。使者は呆気にとられた顔をしたが、言われたことがやっと脳に届いたのだろう。

「なんだと！」

　と激高する様子を見せた。サラは張ってあるバリアを念のために体から離して強化した。

「指名依頼を受けるかどうかは、当人に任せられているとネリーに聞きました。ですが少なくとも、使者のあなたの態度は、受けたいと思う気持ちにさせるものではありませんね」

「くっ」

「保護者のネリーと相談して決めます。お使いご苦労様です」

　サラは丁寧に礼をして、さっとその場から去り馬車に乗った。ノエルが使者になにか言ってから、慌てて付いてくるのが見えた。

　馬車に乗って座席に座ると、自分の手が震えているのが見える。言い返すことはできたが、強い言葉で言い返す自分が好きなわけではない。言い返さないとつけ込まれるだけだとわかっているから自己防衛したが、そんな自分に涙が出そうだったから馬車に隠れたのである。

「サラ！　怒りを鎮めてください。招かれ人への無礼、僕からも厳重に注意をして、え……」

　サラは怒っているわけではないと言おうとした。どちらかというと、言い返すのを止められなかった自分に不甲斐ない思いをしていると言ったほうが正しい。もっと穏便に不満を表明するか、何事もなかったように無視すればよかったのだ。

「泣くほど指名依頼が嫌だったのですか……。そうですよね、か弱い女性が指名依頼などと。いえ、サラがワイバーンを倒すのを僕は見ましたし、ずっと一緒にいて、か弱くないのは知っていますが」

思わず感情が高ぶってしまい、ぽろりと涙を落としたのを見られてしまったのが、年上として恥ずかしい。それをごまかすわけではないが、サラは改めて指名依頼の簡潔な手紙を読み上げてみた。

「イチノーク・ラサーラサ殿。王都騎士隊のタイリクリクガメ討伐への参加を要請する」

ハイドレンジア組の自分たちは、まっすぐに北上するリクガメを王都まで護送した時点でお役目終了と思っていた。だが、それより先も自分の力が必要とされれば、その力を貸すことはやぶさかではない。だが、サラの力は本当に必要だろうか。

「自分が手助けできることをするのは、別に嫌じゃないの。でも、魔法が効かない以上バリアは役に立たないし、私が行ってなんの意味があるんだろう」

「ええと、安心感、だと思いますが。招かれ人がいれば何かと心強いという気持ちはあります。王都に招かれ人が二人いたとき、お二人の噂(うわさ)を聞くのはとても楽しかったですし。特に、僕とそう変わらない年のハルト殿が活躍する話はそうでした」

「ハルト。ブラッドリーもだね。懐かしい」

久しぶりに自分以外の招かれ人の名前を聞いたサラの顔は自然と明るさを取り戻す。それでも指名依頼の話はサラを落ち込ませた。

「でも、誰かの安心感のために、自分の時間を使われるのは嫌だな。私、薬師なのに」

そうですねという言葉を期待していたサラは、何も言わないノエルのほうをいぶかしげに見た。

ノエルは何を言おうか言葉を選んでいるように見えた。

「その、サラ。うまいことあなたを慰めることができなくて申し訳ありません。サラの言うこともわかると言えばいいとわかってはいるのですが、指名依頼の内容以前に、指名されるだけの力があるのに、依頼を断るということ自体、僕には信じられなくて。正直、戸惑っています」

その言葉に、ノエルに愚痴を言って慰めてもらおうとしていた自分の甘さに気づき、サラはますます恥ずかしくなってしまった。うつむいたまま、手元の手紙に目をやる。

タイリクリクガメの討伐。討伐？

いや待てよとサラは顔を上げた。ハイドレンジアの部隊がやっていることは、タイリクリクガメの護送である。タイリクリクガメが魔の山に北上するのを、王都のあたりまで見守る仕事だ。討伐ではない。

「え、討伐ってなに？　まさか、王都の部隊は、タイリクリクガメを討伐する気なの？　違うよね」

サラの頭の中はもう、恥ずかしいとかそういう気持ちではなく、討伐という不穏な言葉でいっぱいになっていた。

「ネリーたち、早く戻ってこないかな」

サラは馬車から外に出て、タイリクリクガメと共にやってくるネリーたちを待ちわびた。

その後、実際にタイリクリクガメが通り過ぎるのを呆然と見送った使者は、サラのほうを冷たい目で一瞥した後、戻ってきたネリーとアレンに、指名依頼の手紙を手渡した。

ネリーは何かを悟ったような顔をして静かに手紙を開けて見ているが、アレンはサラと同じように戸惑っている。だが、手紙を開けて読むと、目を大きく見開いて驚いている。

「俺に、指名依頼？　ネリーだけじゃなく？」

思わずサラを探したのか、アレンがきょろきょろとしたので、サラは手紙を持った手を大きく振った。

それを見たアレンの顔が明るくなった。ネリーと自分にだけでなく、サラにも依頼が来たのがわかってほっとしたのだろう。

指名依頼は本来ならギルドを通して来るものなので、使者が来たということは今回の依頼がそれほど急だったということだ。ネリーはといえば、

「お役目ご苦労」

と一言返していたから、自分も余計なことを言わずそうすればよかったのになと反省する。

使者に、指名依頼を受けるかどうか返事をする必要はない。参加するなら、このまま王都の騎士隊の作戦に合流すればいいだけだ。もっとも、参加しない場合はどうするかは書いていない。

「サラ！　サラのところにも来たんだな、指名依頼」

アレンが弾んだ声でやってきた。それはそうだろう。ハンターにとっては、指名依頼は実力が認められた証拠だからだ。

「うん。やっぱりアレンも？」

「ああ。ほら」

お互い手に持っている手紙を開いて見せ合うと、まったく同じ内容だった。

「いいなあ。俺もいつか指名依頼をもらえるように頑張りたいけど、今はちょっとそんな自信がなくなってきたよ」

アレンと一緒に来ていたクンツが、寂しそうな笑みを浮かべている。パーティを組んでいる仲間のほうだけに指名依頼が来たら、それはつらいだろうとサラはクンツのほうに向いて、その顔色の悪さにちょっと驚いた。

「クンツ、大丈夫?」

「けっこうしんどい。はあ、疲れた」

クンツはその場に座り込んで、肩で大きく息をしている。アレンも隣に座り込んで、気づかわしそうにしている。

「クンツ、自動的に俺と組まされているから。一番体力を使うところだもんな」

「ああ。体力馬鹿たちと一緒に行動するの、本当に大変だよ。それにタイリクリクガメの魔力の圧が大きくてな。けっこう負担になってる」

サラはふと気がついて、ポーチからとっておきのヤブイチゴのジュースを冷やして出してあげた。

「うわっ、これうまいな!」

クンツの顔色が良くなったので、サラはほっとする。

「サラ。勘違いしないでくれよ。俺、アレンのそばにいるから、自分よりちょっと実力が上の仕事がもらえてるし、すごくありがたいと思ってる。そのおかげで、力も伸びてるんだし。でもな、それでももともとの魔力はそう多くないし、それは努力してもすごく増えるわけじゃない」

物語の中のように魔力がどんどん増えるということはないらしい。

「だから、正直仕事がつらいときもある。けど、しんどくても嬉しい。そして、まだ指名依頼を受けるほどの力がないこともわかってるから、落ち込んだりしてない。単にうらやましいだけだ」

アレンはローザにいたときから一人だった。それは、アレンの魔力が人よりだいぶ大きいからで、一緒にいられるのは魔力の大きい大人かサラくらいのものだった。

魔力の圧を抑えられるようになった今でも、アレンの実力は飛び抜けていて、同世代でアレンと対等なハンターはいないだろう。クンツも実力はだいぶ落ちる。

それでも、プライドより実を取ることができて向上心もあるクンツは、アレンにとってはとても大切な仲間になっている。

「指名依頼については、俺のことは気にするな。それと、思ったより体力がなくてごめんな」

自分の力や気持ちを正確に把握し、ハハッと情けない笑いをあげることができるクンツこそ、この魔力底なしのメンバーに本当に必要な人かもしれないとサラは思うのだった。

「サラ、私にもヤブイチゴのジュースをくれ」

黙って話を聞いていたネリーが口を開いたかと思うとこれだった。

「いいよ。はい」

「久しぶりだな。サラのジュースは」

ネリーもほっと息をついたということは、平然としているが疲れているということなのだろう。

「ところで、サラにも指名依頼が来たようだが、何か悩んでいるのか？」

ネリーは、アレンと違ってサラが喜んでいないということに気がついたようだ。

サラは素直に頷（うなず）いた。

「うん。まず受けたくない」

その言葉に、サラを中心として沈黙が広がった。

「な、なんでだ？　サラは嬉しくないのか？」

クンツが理解できないという顔をした。驚いた様子が見えないのは、さっきその話をしたノエルと、ネリーとアレンだけだ。

「そもそも私、ハンターじゃないから」

サラがそう言うと、確かにそうだったと周りにいたハイドレンジアの人たちは納得してくれた。

「だが招かれ人だ」

王都からの使者が余計なことを言う。

「今までに、薬師の招かれ人が指名依頼を受けたことがあったんでしょうか」

「そ、それは」

あったかもしれないが使者がそんなことまで知っているわけがない。だが、去年と今年のクリスのように、薬師でも仕事の依頼を受けてあちこちに行くことはある。だが、それはあくまで薬師ギルドを通して、薬師として派遣されるのだ。ハンターギルドの身分証を持っていたとしても、サラはあくまで薬師なのである。

本当は女性で受けたことがある招かれ人がいるのかと突っ込んでもよかったのだが、それは自分を特別扱いしろと言っているのと同じことなので言いたくなかった。

「それだけが理由か？」

尋ねたのはネリーだ。ハンターではなくても、この間のハイドレンジアの町での出来事のように、誰かが困っていたら力を貸すのを拒まない、サラがそういう人だと知っているからこそ出る問いである。

「内容に納得できないの」

サラは素直にそう言った。

「何をいまさら。サラ殿はすでに、討伐に参加しているではありませんか。王都のことは自分には関係ないとでも言うつもりか」

「使者殿！　重ね重ね、招かれ人に失礼な態度だぞ！」

よほどサラの態度が腹に据えかねたらしく、非難を繰り返す使者にノエルの叱責が飛ぶ。自分のほうが年下でも、叱責することができるノエルは本当に高位の貴族なんだなとサラは思う。

「私は討伐には参加していません」

サラの返事はきっぱりしたものだった。何を言っているのかという目で見られるのは二回目だ。

「私が参加しているのは、護送です。つまり、タイリクリクガメの進行を見守ることであって、討伐ではありません」

詭弁のように聞こえるかもしれないと思いつつ、サラは先ほどの疑問を使者にぶつけた。

「むしろこちらが聞きたいです。手紙には討伐と書いてありましたが、王都の騎士隊はまさかタイリクリクガメに攻撃するつもりですか？」

「そ、そこまでは聞いておりません。それに護送も討伐もたいして変わらないでしょうに」

サラも、使者がそこまで知っているとは期待していなかったので、がっかりはしない。

「全然違います。私は求められているのが討伐なら断ります。今と同じ仕事ならたぶん受けます。仕事の内容がはっきりするまでは、受けるとも受けないとも言いたくない」

もやもやした気持ちではあったけれども、サラは今の決意をはっきりと口にした。

「サラ、それは」

ネリーが戸惑ったようにサラの名前を呼ぶが、そのまま口を閉じる。ネリーには、保護者として、サラの行動に口出しする権利はある。だが、迷いながらもサラの意思を尊重してくれたのだろう。

使者はぐっと口元を引き締めた。

「では、指名依頼を受けるにしても受けないにしても、お三方には、私と共に王都に先行してもらいます。それも、できるだけ早くです」

サラはたいした仕事をしているわけではないので、言われたとおりにしてもかまわなかったが、ネリーとアレンが抜けると、ハイドレンジア部隊にはかなりの戦力ダウンである。ネリーが急いで責任者に確認を取りに行った。

使者と共に残されたサラはとても気まずかったが、お互いに沈黙を守って冷戦状態である。そんな沈黙に我関せずなのがアレンとクンツだ。

その中でノエルがおずおずと口を開いた。

「サラ。ハイドレンジアのハンターギルドも、タイリクリクガメに攻撃を試していたと聞きました。なぜ王都の騎士隊が攻撃することに反対なのですか」

サラはどこから説明したものかと悩む。

「攻撃を試してたのは、王都のためだよ」

我関せずという顔をしていたアレンが代わりに答えてくれた。

「王都のため、というと？」

「今回のタイリクリクガメの進路は、王都をかするかもしれない。だから、どうしたらリクガメに影響を与えて進路をずらせるかの実験のために攻撃したんだ。討伐するためじゃないよ」

サラが招かれ人の立場で何を話しても、使者やノエルには響きそうにないなと思っていたので、アレンがサラの立場で説明してくれるのは本当に助かる。

「でも、討伐したら、王都だけでなくローザも助かるのでは？」

ノエルの疑問に当然という顔で使者が頷いた。

「どうなんだ？　サラ」

それについては答えを持っていなかったようで、アレンはあっさりサラに投げてきた。

「それはね」

サラは気持ちを落ち着かせるために大きく息を吐いた。

「アレン。こないだの渡り竜の討伐の時、渡り竜のコースがいつもと違ったせいで、西の草原にツノウサギが増えたのを覚えてる？」

「ああ、そういえばそうだったな」

普段ならいないところにもツノウサギがいて危なかったのだ。

「渡り竜を減らしたら、王都は直接的な被害を受けない。それはわかる？」

サラは使者に話しかけたくなかったので、ノエルに尋ねた。

「はい。良いことです」

ノエルは素直に頷いた。

「でも、渡り竜が減りすぎたら、渡り竜が食べていたツノウサギが増えるでしょ」

「はい。でも、ツノウサギが増えたならハンターに倒してもらえばいいですよね」

「ハンターの手がツノウサギに取られたら、普段ハンターが倒していた魔物はどうなるの？」

「ええと。増える？」

サラは合格だというように頷いた。

「渡り竜の数が戻る何年か何十年の間かわからないけど、ツノウサギは増え続け、ハンターの手は足りなくなる。なんとかなる間はいいけれど、どうしようもなくなったら」

「ダンジョンがあふれちゃうな」

アレンが楽しそうに答えた。ダンジョンがあふれても、自分の活躍の場が増えるくらいにしか思っていない生粋のハンターの言葉である。

「渡り竜を追い払えば済んだものを、数を減らしたせいで先々に面倒が起きるかもしれない。そのくらい、生き物の数のバランスって大事なんだよ」

「ですが、タイリクリクガメは何も食べません」

「うん、どう言えばわかってくれるかな」

サラはちょっと説明するのが面倒になってきた。

「確かなのは、タイリクリクガメを討伐しても、先々の影響がまったくないと証明されるまで、私は討伐には反対だってことだよ」

サラにも、自分が適当なことを言ってごまかさないで、なぜこんなに丁寧に説明しているのかわからなかったが、さすがに疲れてくる。そこにネリーが戻ってきた。

「ずっと問題なく護送できていたし、ここから王都への道筋で、大きな障害となるところもない。私たち三人が先行しても大丈夫だろうとのことだ」

「僕も行きます」

「俺も！」

ノエルとクンツが手を挙げた。

「では使者殿は馬で。私とサラとアレンは身体強化で。ノエルとクンツは馬車で。ただし、追いつけなかった場合は置いていく。自分たちで対応できるな？」

ネリーは一度決まるとてきぱきと指示した。クンツはともかく、ノエルについては断るだろうと思っていたので、サラは少し驚いた。自分たちで対応できるかと尋ねているが、ネリーの視線はクンツに向いているので、クンツにノエルの面倒を見られるかという意味なのだと思われる。

「ヒルズ家のご子息の安全までは確保できません」

使者が思い切り迷惑そうな顔をしている。

「その二人は、私が面倒を見よう」

突然、疲れのにじむ声が聞こえた。

「クリス！」

そこにはいつの間にか、ハイドレンジアで竜の忌避薬を作っていたはずのクリスが立っていた。馬車や馬の気配はなかったので身体強化でやってきたのだろう。いつもの涼しげな様子ではなく、大きく肩で息をしているし、髪はほつれせっかくの美貌も土埃（つちぼこり）でくすんでしまっている。

「今作れただけの忌避薬を持ってきた。どうせこのまま王都に届けねばならぬ。途中から話は聞いていたが、私はノエルとクンツと同じ馬車で王都に向かおう」

使者が驚いてクリスを見ている。サラでさえ驚いたのだから、それはそうだろう。むしろなぜ他の人は平然としているのかわからないくらいだ。

「クリス様ですか！　自ら動かれるとは、さすが王都の薬師ギルド長は心構えが違いますね」

サラは口元が思わずひくりとするのを止められない。しかもそれを聞いても、一五歳の少女にいつまでも皮肉を言っている使者の器の小ささがうかがえるとしか思えなかった。

「心構えの問題ではない。ハイドレンジアに、クリスより早く薬を届けられる者がいなかっただけの話だろう。効率の問題だ」

ネリーが使者の皮肉をバッサリと切り捨ててくれる。

「それもあるが、少しでも早くネフに会いたかったからな。それに、私は薬師ギルド長ではない」

そんなところだろうと思っていたサラはいまさらなんとも思わないが、

「なんと謙虚な」

と使者が感動していたのには遠い目をしてしまう。

「すまないが、すぐに馬車で休みたい。移動をするなら早くしてくれないか」

後から来て、その場の主のように振る舞う、それがクリスである。馬車の移動も楽ではないので、ノエルとクンツの顔も若干引きつっているが、サラもこれ以上使者に皮肉を言われるのは嫌だったので、早く出発することには大賛成だった。

サラはハンターではないので、ネリーやアレンほど速くは走れない。だが、魔の山や、その後のローザの町でつけた体力はその後もまったく衰えていない。馬に乗った使者が付いてこられないほどに速く走ることができた。

「久しぶりに三人で過ごせたから、つい楽しくてスピードを上げすぎてしまったな。馬や馬車が付いてこられないのでは意味がないというのに」

ネリーの言うとおり、何も語らず、三人で走っていただけなのに、とても安らいだ気持ちでいることができた。

「ここらで待とうぜ。使者はともかく、馬車組は大変だろ。走ったほうが楽なのにな」

「それはネリーとアレンだけだよ」

サラは思わず突っ込みを入れてしまったが、サラもだろという目で見られてしまった。走ってきたほうを眺め、使者や馬車が見えてくるのを待ちながら、アレンがサラに尋ねた。

「なあ、サラ。そんなに指名依頼が嫌か」

「うーん、指名依頼はそうでもないの」

サラはアレンにになら、どう思われるか気にせずに話すことができた。

「じゃあ、さっき言ってた討伐が嫌なのか」

「うん。タイリクリクガメがかわいそうとかそんなことじゃないからね？」

かわいそうだとは思うが、魔物と共に暮らすこの国のあり方に文句を言うつもりはない。

「あのね、わざわざダンジョンの壁を破ることまでして外に出て、国の南の端から北の端に移動するのって、何か意味があるような気がするの」

「意味、とは？」

これはネリーだ。

「わからない。だけど、タイリクリクガメ自体、他の魔物と違うでしょ？　体が大きいだけでなく、魔力の量がけた違いに多いし、攻撃はともかく、魔法が効かないとか」

「確かに、魔法が効きにくい魔物はいるが、効かない魔物はいないな」

「うん。私のバリアが効かない魔物も初めてだし」

サラの漠然とした不安をどう説明したものだろうか。

「でも、何百年かに一度だけど、定期的に出てくるってことは、それが必要なことだからじゃないかと思うの」

「誰にとって必要なんだ？　例えば渡り竜は、冬は暖かくて餌の多いところに移動するために渡る。つまり、竜の移動は竜にとって必要だが、私たち人には必要はないだろう」

サラは、ネリーが思ったより深く考えていることに少し驚いた。だが、その質問はもっともで、とても納得のいくものである。

「ええとね、魔物とか人にとって、というより、世界にとって必要なんじゃないかな。例えば、雨や雪のように」

サラは、漠然と考えていたことを初めてネリーに説明した。

「何百年かに一度の雨か。それは気が長いな」

ほんのちょっと茶化すようなネリーの言い方は、それでもサラの言うことをきちんと理解していることが伝わるものだった。

「雨のように、必要なものか」

アレンもきちんと話を聞いてくれていた。

「案外、魔力だったりしてな」

「魔力……」

サラは自分の中のあやふやなものが、カチッとはまったような気がした。

「女神は、確か……」

サラは久しぶりに自分が転生したときのことを思い出した。

「この世界は、魔力があふれて困っているくらいだって言ってた。魔力を大量に吸収してくれる人が必要だって。つまり」

サラは自分の臆測（おくそく）を口にするのをちょっとためらった。自信があるわけではないし。

「つまりさ、サラの言いたいのはさ」

アレンが代わりに口に出してくれた。

「タイリクリクガメは、地上の魔力を吸収してダンジョンに戻っていくってことか」

「その、可能性はあるなって」

女神は魔力があふれているとどうなるかまでは言っていなかった。

「つまり、タイリクリクガメを討伐したら、世界に魔力が余ってしまうということか。余ったらどうなる？」

そしてネリーのその疑問に答える知識はサラにはなかった。

「わからない。そもそも推測にすぎないし」

「ふむ。私たち三人で考えても限界があるな。クリスには聞いてみるとして、もう少し知恵を貸してくれる人が欲しいな」

ネリーは顎(あご)に手を当てて真剣に考えてくれていて、サラはほんのり心が温かくなった。

「だからね、タイリクリクガメが討伐しなくちゃいけない相手なら仕方ないけど、そうじゃなかったらと思うと、安易に指名依頼を受けられないと思うんだ」

最終的なサラのアレンへの答えはこれである。

「たとえ王家に頼まれてもか？」

「うん」

サラの頭に王様の顔が浮かんだが、サラが招かれ人だからか、断るということは特に気にならない。

「そうか。そういう理由で断るって考え方もあるんだな。俺、断るなんて考えたこともなかった」

サラはアレンの返事を聞いて、うかがうようにネリーのほうに目をやった。ネリーはサラを保護するために、指名依頼を断ってくれていたはずだ。

「私も今回はなんの疑問も持たず受けるつもりでいた。力があるというのは責任を伴うということだからな」

「でも、私の時は、断ってくれてたよ？」

「サラより大事なものなどないではないか」

「ネリー」

ネリーの言葉が嬉しくてニコニコしてしまうサラである。

「もっとも、今回は指名依頼は受けるが、タイリクリクガメの討伐などできないだろうとも思っているよ」

「そうだな。俺も無理だと思う」

二人の意見は一致した。

「私の攻撃でさえ通らないのに、他の誰ができるというんだ」

「だなー」

二人の現実的な対応に、討伐するべきではないと馬鹿正直に言ってしまった自分の未熟さをサラは痛感する。黙っていたら使者に嫌味（いやみ）を言われずに済んだのに。

落ち込むサラにネリーは苦笑して、ぽんぽんと肩を叩（たた）いてくれた。

「はっきりと物を言うサラはかっこいいと思うぞ。年端もいかぬ少女にネチネチと嫌味を言うような愚か者のことなど気にすることはない」

「恥ずかしい大人だよな」

サラが年端も行かぬ少女かどうかは微妙だが、少なくとも二人はサラの味方である。

やがて馬に乗った使者が、それから馬車組が追いついてきた。

「ハハハ。なんで皆そんなに疲れているんだよ」

笑い飛ばすアレンには疲れた様子はかけらも見えない。

「おかしいのはお前のほうだアレン。だけど、そうだなあ。俺も馬車よりも走ったほうがいいかも」

「私もだ」

クンツとクリスが腰を叩いていておかしい。

「僕はまだ身体強化で長時間走るのは無理ですが、このいろいろが終わったら、絶対に身体強化をしっかりと身につけると誓います」

ノエルはなぜかサラのほうを見て悔しそうに宣言しているが、それでも若いせいか平気な顔をしている。

馬に乗る使者を労り、さすがは貴族のクリスとネリーが交代で馬にも乗り、疲れ果てながらも一行が王都にたどり着いた頃には、タイリクリクガメより三日は先行することができていた。

「なんとか使命を果たすことができました……」

　と、使者が連れていってくれたのは、サラも一度来たことのある王城だった。

「うわー、面倒くさいことになりそう」

　思わずまた余計なことを言ってしまったサラは、最後に使者にひと睨みされてしまった。数日前の反省を生かせなかったのは痛恨の極みだが、それだけ疲れていたとも言える。

　だが、案内された城には思いがけない人たちがいた。

「サラ！　アレン！　久しぶりだな！」

「ハルト！」

　魔の山で別れて以来だから、最後に会ったのは二年以上前になる。

　やんちゃそうな感じは変わらないが、少し背が伸びて、大人びたような印象だ。

　そしてその隣には、ブラッドリーが相変わらず物静かに立っている。

　ブラッドリーについては、ほとんどかかわりがなかったが、同じ招かれ人として親しい気持ちは持っているサラは、思わぬ再会に満面の笑顔になった。

「サラ。どうよ、俺」

　駆け寄ってきたハルトがふふんと胸を張るが、なにがどうなのかちょっとわからない。だが、そこは元日本人のサラである。

「わあ、すごく大人っぽくなったね！　それに強そう」

　ハンターが喜びそうなことをとりあえず並べてみた。

「そうだろう？　サラは、ええと、あんまり変わっていないけど、き、きれいになったな」

赤くなってそっぽを向くハルトにサラは噴き出しそうになった。慣れない褒め言葉など使わなければいいのにと思う。だが、それでも褒めてくれたことは評価したい。

「それに、アレン。くっそ、なんでそんなに大きくなってるんだ？　俺より背が伸びるとかずるいぞ。俺だって平均くらいまでは伸びたのに」

「なんでって言われても、俺も別に大きくはない。普通だと思うけど」

「俺が日本人だからか。負けたのは俺のせいじゃなくて遺伝子のせいだ」

嘆くハルトの気持ちはわかる。サラだって平均までは伸びたはずなのだが、トリルガイアの人は日本人より大きいため、小さめに見えるらしい。

「女神特典は身長も付けてくれるべきだったぜ」

「わかる！」

サラも大きく頷いて、そして、すごく気持ちが楽になっていることに気づいた。

タイリクリクガメの出現。

サラのバリアも効かない魔物。

体力的に厳しい護送。

ここ数週間、ずっと緊張状態が続いていたところへの、指名依頼だったのだ。大切な仲間と一緒とはいえ、やりたいわけでもない仕事をこなしている中での使者からの敵意は、サラをずいぶん消耗させていたらしい。

王城に着いて、これからまた重い話かと思ったら、身長などというどうでもいいことでハルトとアレンと大騒ぎしている。まるで学校にいるみたいな気楽さで。

それはサラを、責任のある招かれ人という存在から、ただの一五歳の少女という存在に戻してくれたのだと思う。

「ネフェルタリ、クリス。久しいね」

「ブラッドリーか。久しぶりだな」

大人組のほうは、とても大人らしい会話を繰り広げているが、それでも親しげな様子だ。

「魔の山はどうだ」

やはりネリーの気になるのはそこだろう。ブラッドリーは肩をすくめると、静かに答えた。

「ハルトが喜んで魔物を狩ってきてくれるのでね。私は読書三昧（ざんまい）で、のんびりと暮らさせてもらっているよ」

「そうか。それならよかった」

ネリーにとって魔の山は、長い間一人で過ごしたところだ。いろいろと思うところがあるのだろう。

「高山オオカミもいて、案外と愉快な場所だからな。景色もいい。ブラッドリーも、時々は遠出をすると魔の山を楽しめるぞ」

「私も引きこもっているばかりではないよ」

クスッと微笑（ほほえ）むブラッドリーだが、すっと真顔に戻ると、こう続けた。

「だが最近、少し様子がおかしくてな。この間も、高山オオカミが東の草原に出現するという騒ぎンの外に出ていたのだ。大変だったのではなく面倒だったと言うのがブラッドリーらしい。

「やはり、揺らぎがあったのか？」

「いや、揺らぎとは違うようだ。ハイドレンジアの話も聞いたが、魔の山の場合、出入り口の結界が弱くなっているらしいということがわかった。それが揺らぎといえば揺らぎかもしれないな」

お互いに世間話を絡めて情報交換をしている。

「そんなローザの非常事態にここにいるということは、君たちもか」

クリスが肝心なことをちゃんと聞いてくれた。

「ああ、指名依頼だ。ローザからは、私とハルトの二人だな」

「ハイドレンジアからはネフとアレンとサラの三人だ」

よく考えたら、クリスは指名されているわけではないのだとサラはハッとする。

「そして私は、作戦上、竜の忌避薬が必要になるかもしれないということで、ハイドレンジアの薬師ギルドの依頼でここに来ている」

クリスの立場をちゃんとしたものにしてくれた薬師ギルド長のカレンに感謝である。

「なあ、サラたち、タイリクリクガメをずっと護送してきたんだろ。いったいどんなバケモンなんだよ」

ハルトのワクワクが止まらないようだ。

「バケモンっていうか、大きなカメだよ。三階建ての大きな建物くらいの」

「うっはー。ローザのあの壁を壊すだけのことはあるなあ。早く見てみたい。腕が鳴るぜ！」

サラは、ハルトが招かれ人にもかかわらず討伐に何の疑問も持っていないことに逆に驚いた。

「ハルト。渡り竜の討伐とは訳が違う。いいか、よく聞け」

ネリーがハルトに言い聞かせている。そういえばハルトもブラッドリーも、渡り竜の討伐には参加したことがあるのだ。そもそも二人ともハンターだから、アレンのように指名依頼には抵抗がないのだろう。

「奴の体は硬くて、身体強化を使っても攻撃が通らない。魔法も効かない。そしてなにより」

ネリーは強調するよう一語ごとにゆっくり区切って言った。

「サラの、バリアも、効かないんだ」

「何でもはね返すあのダサいバリアがか！」

「ダサくないし」

サラは思わず突っ込んでいた。スターダストとかダサい技名をつけていたハルトには言われたくない。

「効かないって、どんなふうなんだ？」

「魔法が吸われる感じがするの。それで、甲羅に接したところだけバリアが消える感じで、はね返せないし、守ることもできない」

ハルトはぐっと腕を組んで、ブラッドリーのほうを見た。

「じゃあ、いざというとき俺たち招かれ人三人でローザを守ろうとしても、できなくなったってことだな」

「サラに直接聞くまでは計画は立てられないと思っていたが、本当に魔法もバリアも効かないんだな。さて、どうすべきか」

なぜ王都ではなくローザを守るという話なのかとは思ったが、指名依頼がなくても、ハイドレンジアを守ろうとしたサラと同じで、自分事として考えていることだけはしっかりと伝わってくる。

「指名依頼とは違うけど、サラとアレンとネリーには、ローザに来て手伝ってほしいってギルド長から伝言をもらってる。非常事態だからって」

王都の指名依頼を受けるかどうかもわからないのに、その後のローザのことを提案されてしまい、サラはちょっと戸惑った。だが、ローザのギルドや町の人たちの顔を思い浮かべたら、迷いはない。

「わかった。行くよ」

即答したのはサラだけではない。ネリーもアレンもしっかりと頷いた。

「王都の指名依頼は受けるかどうかわからないと言っていたのに」

まだいた使者がグズグズ言っている。

「招かれ人としてサラが最初に世話になったのは魔の山にいたネリーとローザの町なんだ。故郷を大事にするのは当たり前だろ。それに」

今までサラと使者のやり取りを静観していたアレンがすかさず言い返した。

「ローザの町は、サラに『お願い』しているんだ。嫌味をネチネチ言う態度の悪い使者に依頼を強要されているわけじゃない。いいか。サラは女の子なんだ。本来は王都で宝物のように大事にされるべき招かれ人だぞ」

アレンの言葉に、使者は慌ててサラを見て、はっと何かに気がついた顔をした。

今まで使者が見ていたのは、サラと最初に会ったときの印象のまま、土埃にまみれたハンターの小娘だったのだろう。名誉ある指名依頼を受けて飛び上がって喜ぶはずなのに、不敬にも受けたくないと言い返してきた生意気なハンターだ。本当は薬師だが。

「あんたはサラが招かれ人だと知っていたはずだし、サラは自分は薬師だとはっきり言った。それはつまり、ちやほやされてもいいはずなのに、努力して薬師になって、ハンターでもないのに自主的にタイリクリクガメの護送にかかわっている、真面目で献身的な女の子だってことなんだよ」

今のサラは薄汚れてはいるものの、緊張も解けて柔らかい笑みを浮かべる年相応の少女に見えることだろう。

「サラはハイドレンジアの仕事をして、王都にも来た。そしてローザにまで行こうとしている。王都の者がそれに敬意を払えないのなら、俺だって王都には敬意を払わないぞ」

「し、失礼しました。申し訳ありませんでした」

使者が慌てて頭を下げた。アレンがサラのほうに顎をしゃくる。

「俺にじゃない。サラにだ」

「ラサーラサ殿。今までの態度、申し訳ありませんでした」

使者とはここで別れておしまいだと思っていたので、謝られたことに戸惑ったが、とりあえず頷いた。

「ええと。大丈夫です。使者のお仕事、お疲れさまでした」

許しますというのは上から物を言っているみたいで嫌だったので、さらっとごまかすことにする。

使者が肩を落として去っていくのをなんとなく見送って、ハルトは感心したような声をあげ、アレンの背中をバンバンと叩いた。

「にしてもアレン。背だけじゃなく、中身も大人になったんだなあ。俺は感心したぜ」

「大人ってなんだよ。俺は当たり前のことを言っただけだ。けど、サラは優しいから、勘違いしてああやってなめた態度を取る奴も出てくるんだよなあ」

「なんか、ありがとね、アレン」

サラは素直にアレンに感謝した。普段アレンはサラを女の子扱いすることはほとんどないからちょっとびっくりしたけれど、サラのことをちゃんと見てくれているのがとても嬉しかった。

「ハイドレンジアに行って初めてわかりましたが、王都の者は本当に王都のことしか考えていないんですね」

突然の再会に水を差さないようにという配慮か、静かにしていてくれたノエルが、去っていった使者のほうを見ながら沈んだ声を出した。

「お、さっきから気になってたんだけど、お前」

ハルトがキラキラした目でノエルのほうを見た。キラキラしているのは、この場で自分より小さい子がいたからに違いない。

「どっかで見たことがあるんだよ。年下とはあまり交流はなかったはずだけど、王都にいたときの知り合いだったか？」

「あ、ハルトさん、僕は……」

　ハルトに憧れていたというノエルが、話しかけられて嬉しそうに自己紹介しようとしたその時、サラもよく知っている声が後ろから聞こえた。

「やあ、招かれ人が全員揃（そろ）ったね」

「リアムか。俺、待ちきれなくて迎えに出ちゃったよ」

　無邪気に返すハルトの声はよく知っている人に対するものだった。

「そうか、見覚えがあると思ったら、リアムによく似てるんだな」

「それはそうだろう。弟だからな」

　リアムはノエルがそこにいるのが当たり前といわんばかりに平然とした顔をしている。

「兄さん」

「わがままを言って付いてきたと聞いたぞ。いくら経験を積ませるためとはいえ、この非常事態にハイドレンジアに迷惑をかけることまでは父上も望んではいない。わきまえなさい」

　厳しい兄の声に、ノエルは悔しそうにうつむいた。

「許可を出したのはハイドレンジアの大人たちだろ。ノエルの希望が無理なら断ればよかっただけだ。ポイッと子どもだけで放り出しておいて、責任も持たずに後からごちゃごちゃ言うなよ」

　珍しいことにアレンがノエルの代わりに言い返している。アレンは割と我関せずで、他人のことには口を出さないことが多いので、先ほどサラをかばってくれたことといい、本当に珍しいなとサラは思う。

リアムはそんなアレンに体を向けた。

「弟はずいぶん、ハイドレンジアに馴染んでいるようだね。だが、ノエルは君たちとは違って、親も家もしっかりあるのだから、教育が行き届いてないなどと思われるようなことをすべきではないんだ」

「うわあ」

いっそううつむいたノエルと違い、サラは思わず声をあげて天を仰いでしまった。ノエルを叱っていると見せて、サラやアレンを貶めていることに気がついているのかいないのか。貴族意識が強いリアムは、そもそも気がついていないんだろうなと思うサラは、こんな人と婚約しなくて本当によかったと思う。

「サラか」

サラの声にリアムの顔に笑みが浮かんだ。

「久しぶりだね。美しくなった」

アレンがサラのなんとも言えない表情を見てぶはっと噴き出している。さすがにそれは失礼だろうとぷんぷんするサラだが、そもそもリアムの言い方がまず失礼だと思う。

埃まみれのサラはどこからどう見ても美しいとは言えない。つまり、サラがきれいでもきれいでなくてもそういうことを言うだろうから、リアムのような人は苦手なのである。本当はどう思っているかわからないからだ。

「お久しぶりです」

そんなときは、聞きたくないことはさらりと無視して無難に答えるに限る。

「相変わらずそっけないね。ノエルは私と違って、婚約者殿に少しは心を開いてもらえたのかな」

「そもそも私には婚約者は必要ありませんから」

寒々しい会話である。

「さ、そろそろいいかな」

なんとなく火花の飛んでいるサラとリアムの間に入ったのはブラッドリーだ。

「タイリクリクガメが王都に来るまで、あと三日しかないんだろう。ご機嫌伺いをしている暇はないと思うが」

さりげなくリアムからかばってくれている。

「そうだった。それではこちらへ。疲れているところをすまないが、先に方針だけでも話しておきたいので」

結局サラは、指名依頼を受けないかもしれないと伝えられないまま、話し合いの場に移ることになった。

「ラサーラサ、先の渡り竜討伐以来だな」

「陛下。ご無沙汰しております」

サラだって王様の顔はさすがに忘れない。この挨拶が適切かどうかはまったくもってわからないが、まさか王様がいるとは思ってもみなかったのでどうしようもない。サラたちが連れてこられたのは、王都に来たときに、サラが渡り竜討伐はこのままでいいのかと問題提起したあの時と同じ部屋だった。

部屋をぐるりと見渡すと、薬師ギルド長のチェスターをはじめ、ハンターギルド長、騎士隊長、宰相と前回と変わらぬ面子だけでなく、いかにもベテランという感じのハンターたちも集まっている。

おそらく、指名依頼された王都のハンターたちで、ネリーの姿を見てざわめき、サラとアレンを見てひそひそとささやき合っている。つまり、まさにここがタイリクリクガメ討伐隊の本部であるということだ。

早速話が始まるかと思いきや、宰相が厳しい顔でサラのほうを見ている。何かしたかなとサラが首を傾げる前に、隣のノエルがびくっとしたので、ノエルを見ているのだろう。

「ノエル。部外者は出ていきなさい」

「でも、僕は！」

「ノエル」

一五歳でも少女のサラと、一三歳の少年のノエルは、見た目だけだと同じような年頃に見えるので、サラにまぎれているノエルを気にした人はいなかったらしい。それでもさすが父親は気づいたということだろう。宰相に名指しされて初めてノエルに視線が集まった。

「え、俺も出ていったほうがいいですかね」

同じくひっそりと付いていきていたクンツがきょろきょろしていて、こんな深刻な時だというのにサラは思わず笑い出しそうになってしまうが我慢する。

「宰相殿」

そこに割り込んだのは、意外なことにクリスだった。そしてゆったりとした動作で、ハイドレンジア一行のほうを指し示した。

「ネフェルタリ、アレン、サラは指名依頼にて、私クリスはハイドレンジアの薬師ギルドの依頼でここにいるが、ハンターのクンツと薬師のノエルは私の補佐をしてもらっている。発言はさせないから、同席を許可してほしい」

補佐をしてもらっていると聞いてクンツもノエルも一瞬驚いた顔をしたのでサラはハラハラしたが、そういうことはクリスも事前に言っておけばいいのにと思う。

よく考えてみると、ノエルもれっきとした、しかも最年少でなった薬師だから、身分がないわけではない。

「渡り竜討伐の功労者であるクリス殿がそう言われるのなら、私からはこれ以上なにも」

宰相がすぐに引いてくれたので、ほっとする。それにしても、何を思ってクリスがクンツとノエルを同席させようとしたのかは疑問が残った。

「さて、それでは全員揃ったので、三日後に王都に迫るタイリクリクガメの討伐作戦を開始する。それでは騎士隊からお願いする」

「はい」

サラたちのところにいたリアムは、壁に貼られていた地図のもとにスタスタと歩み寄った。サラも初めて見る、トリルガイアの大きく詳細な地図で、赤いピンが挿してあるのはタイリクリクガメの現在地だろう。こうやってタイリクリクガメの予想進路が描かれているのを見ると、確かにハイドレンジアから王都、王都からローザ、そして魔の山が、ほぼ一直線に並んでいるのがわかる。

「前回の記録では、ハイドレンジアの東のダンジョン、ここだな」

リアムがハイドレンジアの東部の一点を指し示してくれる。

「ここから出たために、王都の横を通って魔の山に進んだ。それゆえ王都には被害が出ず、ローザへの影響も軽微だった」

軽微だったということは、第三層の壁くらいは崩されたんだろうなと思うと、改めてタイリクリクガメの脅威が伝わってくる。そして、タイリクリクガメが出ていっただけのハイドレンジアと違って、被害が出るかもしれない王都とローザは本気度が違うのだということがやっと理解できた気がした。

「今回も、タイリクリクガメは予想進路どおり魔の山を目指して進んでいる。つまり、三日後には王都の東地区の一部が壊滅するということだ」

サラはその地区の町の人はどうなるのだろうと気になったが、リアムの次の言葉で納得する。

「東地区の住民の避難は進めているが、ただ手をこまねいていては王都が破壊され、復興にどれくらい時間がかかるかわからない。そこで、騎士隊で立てた作戦は」

リアムはそこで区切り、大きく息を吸った。

「タイリクリクガメの討伐だ。王都にもローザにもたどり着かなければ、そもそも被害はない」

正しい。圧倒的に正しいとサラは思う。それこそ、家のない子どもを保護して王都に連れていこうとしたときのリアムが正しかったように。

だが、その正しさは、あまりにも一方的すぎないかとサラは思うのだ。

ハンターたちが頷いているが、そこでクリスが声をあげた。

「君たちはハイドレンジアから送られた報告書は読んでいるのだろうな」

「もちろんだ」

リアムだけでなく、王様も宰相もハンターギルド長も皆頷いている。

「では、タイリクリクガメの大きさも、攻撃も魔法も効かないことも、そして招かれ人のサラのバリアも効かないことも知っていての発言だと思っていいな」

「ああ」

クリスはそこでいったん引くことにしたようだ。

「では続きを拝聴する」

リアムはクリスに中断された話を再開した。

「魔法も攻撃も通らないといっても、それはハイドレンジアの戦闘力の低い限られた人数でのことだ。それに、魔法はともかく、攻撃については無効なのではなく、甲羅や表皮が硬いために剣が通らないという結論だったはずだ」

クリスが、首を横に振ったあと天を仰ぐ仕草をした。感情を表に出さないクリスにしてはとても珍しいことだ。そしてサラにはその意味がわかる。

「始末に負えない愚か者たち」

思わず漏れてしまったサラのつぶやきは、両隣のノエルとアレンにしか聞こえなかったと思う。ノエルは驚いてサラを見上げ、アレンはわかっているというように、足の先をとんと一回鳴らしてくれた。

「渡り竜の季節は終わったが、今期はクリスの忌避薬を効率的に運用できたため、王都には渡り竜用の強い麻痺薬が大量に残っている。麻痺薬を使ったうえで、動けなくなったタイリクリクガメを、ハンターの総力戦で倒す。もちろん、招かれ人の力も借りるつもりだ」

指名依頼を受けているくらいのハンターたちだから、もちろん渡り竜の討伐にも参加している。渡り竜を動けなくさせる麻痺薬の効果は知っているから、それならなんとかなりそうだという明るい空気になった。

「リアム、一ついいか」

そこでネリーが発言の許可を求めた。どうぞという仕草に、ネリーが話し始める。

「私の身体強化の力をもってしても、タイリクリクガメの一番柔らかいと思われる首の部分に剣を刺し通すことができなかったが、それも承知のうえか」

「承知している。狙うのは目の予定だ」

サラは具体的な討伐方法を聞いて居心地の悪さを感じる。だが、目を狙った攻撃なら、ハイドレンジアでも実験していた。

「ハイドレンジアで目に攻撃をしたときは、硬い瞬膜（しゅんまく）が出て弾（はじ）かれたはずだが、その報告も読んでいるか」

「もちろん、読んでいる。タイリクリクガメが麻痺しているときなら、瞬膜も出るまい」

ネリーはあきれたように口をつぐんだ。質問は一つと自分で言ったので、それ以上話す気はないのだろう。

ネリーからもう質問が出ないことを確認して、リアムは話を進めようとした。

でも、サラにはどうしても気になることがあった。

「リアム、私からもいいですか」

「サラ？」

リアムは意外そうな顔でサラのほうを見たが、前回この場でサラがしっかり自己主張したのを思い出したのだろう。発言の許可はすぐに出た。

「サラは渡り竜の攻撃をも弾く招かれ人だからな。ぜひどうぞ」

サラはゆっくりと頭の中を整理しながら話し始めた。

「聞きたいことが三つあります。ひとつは、麻痺薬が効かなかったらどうするか」

「効かないことはないだろうと判断している。理由は、竜の忌避薬が効くからだ。その実験のアイデアを出したのはサラ、あなただと聞いているが」

確かに渡り竜に効く忌避薬がタイリクリクガメにも効いたということは、渡り竜に効く麻痺薬がタイリクリクガメにも効くという推論につながる。

ただ、サラの言い出したことだろうと言われると、まるで麻痺薬の考えもサラの出したものであるかのような気がして嫌な気持ちになった。

「ではそれについては、忌避薬の効果時間が短かったこと、忌避薬をぶつけたときにタイリクリクガメが大暴れしたことを再確認してください」

「了解した」

とんとんと話が進んでいる。

「それでは二つ目。ネリーですら突き通せなかった表皮に、どう攻撃するつもりなのかです」

サラは、なぜ自分がこんなことまで気にしているのか自分でもよくわからなかった。ただ、ハイドレンジアでハンターギルドの実験に付き合った体験から、このまま実行させてはいけないという本能的な危機感を覚えるのだ。

「攻撃するのは、表皮ではなく、柔らかい目だ。ハンターではないサラにはわからないかもしれないが、どの魔物も、魔物でない生物も、攻撃が目を通して脳に至れば死ぬものだ」

「では三つ目」

サラはいちいち反論せずに三つ目まで聞くことにした。

「仕留めきれなかったときはどうしますか」

「まずは作戦が決まり次第出発し、王都から南に一日のところでタイリクリクガメを待つ。仕留めきれなかった場合、暴れたとしても王都から一日離れていれば大丈夫なはずだ。また、タイリクリクガメはそのまま進路を北に取るだろう。その場合、王都の東地区は破壊される可能性もあるが、ここまで対策したうえでの被害はやむを得ない」

リアムが王様のほうを見ると、王様は頷いていたので、これは騎士隊の先走りではなく、国の総意ということになるのだろう。

サラはタイリクリクガメをずっと見てきて、作戦はうまくいかないような気が強くしている。おそらく、麻痺薬は効いたとしても短時間であり、目に剣が通ったとしても深くまでは難しく、中途半端に攻撃を受けて怪我をしたタイリクリクガメは予想もしない進路を取る可能性がある。だた、同時に今ある情報をもとにすれば、サラの考える危険性より、リアムの考える作戦の成功のほうがずっと可能性が高いのだ。

作戦の妥当性への疑問や、そもそもタイリクリクガメに手を出すべきではないのではないかという内心の葛藤をどう説明していいかわからないサラの抵抗はここまでだった。

「どうやら納得してもらえたようなので」

納得なんて一ミリもしていないんだがと心の中で言いたいサラである。なぜこの人はこうもむかつくのだろうか。

「攻撃は身体強化型のハンターを中心にやってもらうが、ハルト、君にも攻撃を頼みたい」

「うーん。俺か。確かにブラッドリーは魔法師だからな。俺のほうが適任か」

先ほどはタイリクリクガメを相手に腕が鳴ると言っていたように思うが、今のハルトを見ていると、そんなに意欲的ではないようだ。

「でも、俺もどちらかというと魔法を工夫するほうが得意だ。魔物の数が多いときやそこらへんの魔物相手ならいいが、一対一の戦いでは身体強化型のハンターに力ではかなわない。ここは俺は前に出ずに、ハンターの皆に任せたほうがいいと思う」

サラはぽかんと口を開けてしまった。指名依頼を受けたのなら、指揮をする人の言うことを聞かなくてはいけないのではないのか？　ハルトのように断ってもいいのかとちょっと混乱する。

「だがハルトよ」

リアムとハルトの間に口を挟んだのは騎士隊の隊長である。サラはハッとした。

そういえばリアムは隊長ではなく、サラと初めて会ったときは何かの小隊長だったはずだ。二つ前の渡り竜討伐では指揮する立場になっていたし、今期の討伐では薬師ギルドの実験も含めた責任者ではあるが、もっと上の立場の人もいるのである。説明しているリアムに苛立(いらだ)ちを募らせていたが、作戦をリアム本人が考えたかどうかもわからないのだ。

「そもそも麻痺薬の特殊な使い方を我らに提供してくれたのもハルトだろう。既存の魔法や攻撃を工夫するのでも構わない。招かれ人が三人もいるのだ。なにかタイリクリクガメにも有効な攻撃手段はないだろうか」

サラはその言葉を聞いて、なぜサラたちが招かれたのかわかったような気がした。招かれ人として、尽きない魔力はハンターとしての大成を約束してくれる。だが、ハルトは純粋に魔法が使えるのが楽しいのだし、ブラッドリーは義務として淡々とハンターをしているにすぎない。

それに比べて、二人がネリーと戦えば、おそらくネリーが勝つくらいにはこの世界の身体強化のハンターはたくましい。だから、作戦も基本的には指名依頼のハンターだけで行われようとしている。

それでも、バリアが役に立たないと報告されたサラを含めて指名依頼されたのは、招かれ人ならではの知識と柔軟な考え方が欲しいからだ。

それは当然のことなのだけれども、いざとなれば招かれ人を頼ればいいというような甘えが見える騎士隊長はなんとなく気持ち悪い存在だった。そもそも、麻痺薬という言葉を聞いて、ハルトの顔が曇っている。ハルトにとっては、麻痺薬がまさか人に使われるとは思わず、安易に日本の知識を提供したことへの後悔の象徴なのである。

「すまないが」

今まで発言していなかったブラッドリーが声をあげた。招かれ人三人の中では年上のまとめ役になる人である。サラも姿勢を正してその話に耳を傾けた。

「私たち三人は、別の作戦を行おうと思う」

「べ、別の作戦だと！」

騎士隊長が驚いているが、サラも驚いた。そんな話は何一つ聞いていないからだ。焦ってブラッドリーを見ると、ブラッドリーもサラを見ていた。任せてくれるねという穏やかな表情に、サラは静かに頷く。少なくとも、騎士隊の作戦に組み入れられるよりましだし、別の作戦とは何かを聞いてから考えようと思う。

「そもそも指名依頼が来るまでは、私とハルトはローザの町をどう守るかという作戦に加わってい

た。王都の被害も見過ごせないと思って指名依頼を受けたが、私はそもそもタイリクリクガメの討伐には反対の立場だ」

言ってくれた！

ついにはっきり言ってくれる人が現れたと、サラは心の中で狂喜乱舞した。

「は、反対……？」

騎士隊長の他に、ハンターたちからもざわざわと疑問の声があがった。

「いや待て、ここで討伐しなければ、ローザは確実に被害を受けるが、それでもか？」

さすがに黙って見ていられないと思ったのだろう。王様がブラッドリーを問いただした。

「それでもです」

言い切るブラッドリーに、王様は理由を述べよというように両手を広げた。

「私たちの世界では、生き物はすべてバランスの上に成り立っていると考えられている。例えば、家畜に被害を出す草原オオカミを減らしたらどうなるか」

「被害がなくなって助かるだろう」

これは薬師ギルド長の言葉である。冷静な表情を見ると、ブラッドリーの話をわかっていて答えてくれている節がある。

「ツノジカやツノウサギが増え、草やもっと小さい生き物を食い尽くす。草や生き物がいなくなり、結局ツノジカもツノウサギも死に絶えてしまう」

「そんなことは起きたことがない」

これはハンターギルド長である。

「この世界では、無理な討伐はしてこなかったからでしょう。だが、私たちの世界にはそんなことはいくらもあったのです。そうだね、サラ」

「はい。私の国でも、そのせいでいくつもの生物が絶滅してきました」

絶滅という言葉は衝撃が強かったのだろう。ざわざわと声がする。

「何百年に一度、わざわざダンジョンから出てきて、トリルガイアの南から北の端まで縦断し、ダンジョンに帰る。このタイリクリクガメの行動は、この世界にとって、欠かせない営みの一つであるという可能性があると私は思っている。ローザのハンターギルドも同じ見解だ」

この考え方は、この世界では馴染みのないものかもしれない。だが、なんとか理解してほしいとサラは思う。

「したがって、ローザの方針は、ハイドレンジアと同じ。できるだけ被害が出ないように、タイリクリクガメを魔の山にさっさと送り込むことだ」

ローザが討伐を考えていないことに、サラはなんとなくほっとした。

「あなた方の主張は理解した。だが、今はタイリクリクガメの討伐の話だ」

せっかくのいい話だったのだが、リアムがばさりと切り捨てた。話がずれないように軌道修正したとも言えるので、優秀な人ではあるよねと、サラはリアムの真剣な顔を眺める。

「タイリクリクガメの移動に、そもそもどんな意味があるのかを話し合っている余裕は今はない。招かれ人がする作戦とは何かを、まず問いたい」

ブラッドリーは素直に頷き、地図のそばに歩み寄り、王都の直下を指した。

「作戦はローザと同じだ。ローザは三重の壁を作ることで、少しずつタイリクリクガメの進む方向をずらしている。だから我々も、タイリクリクガメが王都にたどり着くその前に、壁を作って進む方向を少しだけずらす」

三重の壁は、内側から順番に出来たものだと思っていたが、そういう理由で三重だったとは知らなかったサラである。話をしてくれたアレンも、噂でしか知らなかったのだから、真実を知らなくても仕方がない。

「だがタイリクリクガメが来るまであと三日だぞ。確かに土魔法で壁を作ることはできるが、そんな短期間でタイリクリクガメを止められるほどの壁など作れるわけがない」

がたんと音を立てて立ち上がったのは騎士隊長である。

「いちおう、ローザで練習をしてきた」

ブラッドリーは平然としている。

「タイリクリクガメの討伐には反対だと、私は先ほど言った。だが、その作戦を止める権利は私たちにはない。だから、その作戦と並行して私たちの作戦を実行したい。陛下、許可をいただきたい」

サラには恐れ多い王様に気軽に許可を求めているのがすごい。もともと王都で暮らしていたのだから、サラとは違ってそもそもが顔見知りかむしろ親しいくらいの間柄なのだろう。

「ついでに土魔法の得意な職人を集めてくれると助かります」

「ブラッドリー、そなたは普段はおとなしいのに、いざ事を起こすとなると無茶をする」

王様の答えを聞くと、やはり親しいのだなと感じる。

「あの、俺の父さん、土魔法の職人です。父さんを通じて、職人の組合に声をかければ早いと思います」

王様の会話に口を挟むのは失礼なことだし、そもそもクンツは発言しないという話だったので、サラはとがめられるかとドキドキしたが、王様は鷹揚に頷いた。

「うむ。私からの書状を持って、使者として丁寧にお願いしてくるといい」

「ということは」

「許可しよう。騎士隊の作戦を阻むものではないし、いいだろう」

ブラッドリーの顔がほっと緩んだ。無表情に見えていたのは、緊張していただけだったのだろう。

だが、サラはすぐに気持ちを引き締めた。まだ許可が出ただけなのだ。あの大きなタイリクリクガメの進行方向を変えさせるような強固な壁は、まだ一ミリもできていないのだから。

リアムが地図の前でふうっと大きなため息をついた。

「いいでしょう。ではお互いに健闘を祈りましょう」

だが、その割り切りのいいリアムに、騎士隊長の怒りが向いた。

「馬鹿な！　なにを素直に認めている！　王都の一大事に、戦力を二つに分散する意味がどこにあるというのだ。招かれ人はつべこべ言わずに、騎士隊に協力すべきだ！」

すでに王様が許可を出しているというのに、頭から火を噴かんばかりに怒っている。

そんな騎士隊長にリアムは肩をすくめた。

「すでに王の許可は出ています。そして招かれ人は協力はしないと言いました。説得するより、今ある戦力で対策したほうが早いと思われます」

「勝手にしろ！」

騎士隊長はそのまま部屋を出ていってしまった。

一番上の責任者があれでは先が思いやられると思うのだが、リアムは慣れているのか淡々と話を進めた。

「万が一にも我らが失敗したら、ブラッドリー、その時はよろしく頼む」

「ああ」

「それでは二手に分かれよう。招かれ人以外はこちらへ」

それに対して、ネリーが手を挙げた。

「すまない。私は今回の指名依頼は受けない。招かれ人の守りに回ることにする」

サラは目が飛び出そうなほど驚いた。指名依頼は受けると言っていたではないか。それが力のある者の責任だからと。

リアムはものすごく困った顔をした。

「ネフェルタリ。ハイドレンジアからタイリクリクガメを見てきたあなたがいないと困るのだが」

「俺がハイドレンジアの代表として出るよ」

アレンが一歩前に出た。

サラはこれにも驚いてしまった。サラの、タイリクリクガメを倒したくない理由をちゃんと聞いてくれていたはずなのに、討伐側に参加することに、少し裏切られたような気持ちもする。

「ネリーほどの力はないけど、タイリクリクガメの甲羅に乗って攻撃にも参加したし、忌避薬を投げつけたのも俺だ。少しは役に立てると思う」

「そうか。それは助かる」

リアムとしっかり目を合わせて自分の主張をするアレンを見て、サラは理解した。

自分でタイリクリクガメときちんと向き合い、サラの話もちゃんと聞いたうえで、トリルガイアのハンターとしてこの選択をしたのだ。そしたらこう言うしかないではないか。

「アレン、頑張ってね」

「ああ、サラ。お互いにな」

笑顔のサラに、アレンも笑顔で答えた。

「ぼ、僕も討伐側に参加します」

ノエルが震える声で手を挙げた。震えているのは討伐が怖いのとは違う。クンツと同じく、発言は許可されていないのに意見を言ってしまったせいだろう。

「ノエル」

とがめるようなリアムに、ノエルは違うというように首を横に振った。

「僕は薬師の修行と、あわよくばサラの婚約者にという目的でハイドレンジアに行きました。それなりに日々楽しく過ごしているだけだったある日、ハイドレンジアのダンジョンが揺らぎ魔物が町中まで飛び出しました。その時、サラがワイバーンを倒し、ヘルハウンドをひれ伏させたのを見たんです」

なぜ自分の話が出てくるのだと、サラはいぶかしく思った。あと、ワイバーンを倒したとか、ヘルハウンドをひれ伏せさせたとか言うのをやめてほしい。誤解されるではないか。

「それまで普通の少女だと思っていたサラは確かに招かれ人で、そのすごさを初めて知りました。それと共に、意図せず今回のタイリクリクガメの事件の、最初の目撃者になったことに気づいたんです」

最初の目撃者。

それはいったいどういう意味か。

「僕は、頼み込んでダンジョンの中にも行きました。タイリクリクガメがダンジョンの外に出てくる瞬間も見ました。ハイドレンジアから護送されていくのもです。そして、このあとローザにも付いていくし、魔の山に行くのも見届けるんだ」

ぐっと手を握ってそう主張するノエルは、リアムをきっと睨むように見つめた。

「だから、兄上がタイリクリクガメを討伐しようとするのも、招かれ人が壁を築いてタイリクリクガメを止めようとするのも、全部全部この目で見るんです」

サラは目撃とはそういう意味なのかと納得した。確かにハイドレンジアはハイドレンジアを、王都は王都を、ローザはローザを守ればそれでよくて、全部を通してタイリクリクガメを観察しようとしていたのはノエルだけなのかもしれない。

「そして、最初から最後まで目撃した者として、きちんと資料に残す。それが僕の役割だと思うから。兄上、僕を参加させてください」

ノエルはそこまで言うと、プルプルしながら兄の言葉を待った。

リアムは宰相のほうを見た。

「父上」

「仕方あるまい」

今度はクリスのほうを見た。

「クリス」

「必要な役割だろう」

今度こそリアムは大きなため息をついた。

「いいだろう。ノエル、慎重に自分の身を守れ」

「はい！」

これでノエルは討伐側に行くことになった。

「あー、それでは私は招かれ人側へ行く」

クリスはそのままネリーの隣に移動した。

「まさかクリス、ネフェルタリのそばにいたいがためか」

クリスのことをよくわかっている薬師ギルド長の一言であった。

「いつでもネフのそばにいたいのは確かだが、今回はそのためではない」

余計な一言にネリーの顔がうんざりしたものになっていて、こんなときなのに噴き出しそうなサラである。

「招かれ人は、壁を作る。ということは忌避薬は、タイリクリクガメに直接使うより、その壁に吹き付ける使い方が最も効果的だと推察した」

クリスはクリスできちんと自分の役割を考えた判断だったらしい。

「では薬師ギルドは、招かれ人側のクリスの手伝いと、騎士隊側のリアムの手伝い両方に薬師を派遣しよう。もちろん、ポーション類をしっかり持たせることにする」

こうしてきれいに二手に分かれ、タイリクリクガメの討伐は行われることになった。

走り通しで王都にやってきたサラたち一行に、さすがにそのまま作戦に参加せよとは言えなかったようで、城の中に休む部屋が提供された。

もっとも、クンツはすぐに書状を持って父親のところに行ってしまったし、アレンとノエルは慌ただしく食事と風呂、着替えだけを済ませ、討伐部隊として出かけてしまった。

「やれやれ、アレンとノエルを見ていると私も年をとったと思うよ。あれほど元気に次の現場に移れる気がしない」

ネリーが洗ったばかりの濡れた赤毛をタオルで拭きながら風呂から出てきた。先に済ませて着替えていたサラは、ネリーからタオルを取り上げると、ソファにどっかりと腰かけたネリーの後ろに回って、せっせと髪を拭いてあげ、魔法で温風を出すとつややかになるまで乾かした。

時間のあるときにしかしないお世話だが、こうしてお互いに髪を乾かしあうのがなんとも気持ちの緩む楽しい時間なのだ。

「いや、私たちも十分に大変な日程だと思うよ。作戦の参加は明日の朝でいいから、今日は休めって言われて本当によかったね」

「ああ。ウルヴァリエのタウンハウスのほうが落ち着くのだが、サラには城の客室に泊まるのもいい体験だろう」

「うん。本当に豪華だよね」

サラはソファのネリーの隣に座って、天井を眺めた。

何かの神話だろうか、古めかしい服を着た美しい人たちのキラキラしい絵が描かれているし、部屋の調度品はつややかに磨かれた由緒ありそうなものだった。

「大きな天蓋（てんがい）付きお姫さまベッド、窓の外は装飾付きのバルコニー。こんな経験はなかなかないだろうから、しっかり堪能しなくちゃ」

ウルヴァリエのお屋敷もとても立派なのだが、豪華とか華やかとかではなく、落ち着いて重厚な感じだったので、こんな華やかな部屋を見たのは初めてかもしれない。

「サラ。早くに王都に連れてきていれば、本来はこういうところで過ごせたんだが。私が拾ったばかりに、あんな山小屋で魔物に囲まれて過ごすことになってしまったな。すまないと思っている」

サラは驚いて隣のネリーのほうを振り向いた。

「何言ってるの？　そもそもネリーがいなかったら、私は今ごろ高山オオカミのお腹の中だよ。魔の山に落としたのは女神様だし、ネリーは私を守ってくれただけ。そしてずっと守ってくれてる」

サラはもっと小さかった頃のように、ネリーのお腹にぎゅっと抱き着いた。

「疲れない体になって、毎日いろいろなことをして本当に楽しく暮らしてきたんだよ。ネリーに私を拾ったことを後悔してほしくない」

「後悔などするものか。成長するにつれいろいろなことを諦めた私が、今こうして毎日を楽しく暮らしているのは、すべてサラのおかげだというのに」

サラはなにもしていないのだが、ネリーが後悔していなくて本当によかったと思う。

「それにしても、指名依頼を受けるかどうか、それからタイリクリクガメを討伐すべきかって、あんなに悩んだのに、ぜんぜん意味がなかったよ」

サラは昼の話し合いを思い出して、あーあとソファに沈み込んだ。

「やっぱり、同じ招かれ人でも、大人がちゃんと考えると全然違うね。実年齢は同じくらいのはずなんだけれども」

ブラッドリーはそろそろ三〇歳くらいのはずだから、サラとそう変わらない。

「この世界で過ごしてきた時間の違いは大きいだろう。ブラッドリーは二〇年近くこの世界で過ごしているが、サラはまだたったの五年だ。しかもブラッドリーは、貴族のもとで権力を当たり前として育ってきている。つまり、人の上に立って、人を動かすことにためらいがない」

確かに、王様と親しいというだけでなく、自分の提案したことは当然のように受け入れられるものだという態度だった。

「それはハルトにも言えることだ。だが、サラは人のためになることを進んでするが、人の上に立つことは苦手だろう」

「うん。苦手。苦手だし面倒だから、できればそんなことはしたくないもの」

ネリーはサラの肩を抱き寄せた。

「そういう、サラの穏やかなところが多くの人の心をなごませる。サラのいるところは明るくて居心地がいい」

「でへへ」

そんなふうに褒められると正直嬉しさが隠せない。

「だが、それが逆に、人をつけ込ませる原因にもなる。指名依頼を持ってきた使者のように、サラを侮るものが出てきたりもする」

ブラッドリーやハルトは侮られることはないということだ。

「優しいが故に力が十分に発揮できない状況のなかで、それでもサラがトリルガイアの国全体のことを考えて悩んでいたことを、私は無駄だとは思わない」

くっついたネリーの体から直に響いてくる言葉は、サラのもやもやをどこかに押しやるかのようだった。

「それにな」

ネリーの声が一層優しくなる。

「私が指名依頼を受けないと決心できたのも、サラのおかげだ」

「私の？」

　サラが思わず顔を上げると、ネリーの優しい緑の目と出会った。

「知ってのとおり、私は今はハンターだが、元は騎士だ。つまり、ハンターであっても、自分の利害からではなく、忠誠心から国のために尽くす。それが当たり前なんだ」

　父親のライが、もと騎士隊長だというのも大きいのだろう。

「だから、基本どんな無茶な依頼も、やりたくない依頼も、国から求められればやる。逆に言うと、やるのが当たり前で、それがいいことなのか、悪いことなのかを自分で考え判断することはない。考えることを放棄していたんだと、そう気づいたんだ」

　ネリーの考え方は基本シンプルなので、確かに複雑なことを考えるほうではないということをサラは知っている。だが、それは必ずしも悪いことではないはずだ。

「ハイドレンジアからずっとタイリクリクガメを見てきた。攻撃もしたし、実験にも参加した。私としては、これは倒すべきものではないような気がしていた。だからハイドレンジアが護送だけするという意見には賛成だったんだ」

「倒すべきではない、ネリーもそう思ったんだね」

「ああ。ダンジョンで最も倒しにくいものはワイバーンだが」

「う、うん」

　サラがワイバーンを倒したと、皆が大騒ぎする理由をこの瞬間やっと理解できた。

「そのワイバーンも、身体強化や魔法を使えば倒せる。努力して倒せるものは女神からの恵みだ。ハンターはそれをありがたくいただいて生活の糧とするし、素材は人々の生活に役立つ。だが、タイリクリクガメはどうだ」

そう言われて考えてみる。

「私のいたところではカメは食べたりもしたけど」

「ハハッ。すぐに食べることを考えるところがサラらしいな」

あの大きいカメからはどのくらいのお肉がとれるのかと思わず考えてしまったことは否定しない。

「まず、どう努力しても倒せる気がしない。そのうえ、倒せたとしても解体もできないだろうな」

解体できないまま、腐って残った甲羅が墓標となる。サラはそんな姿を想像してしまった。

「無駄なことだとわかっても、指名依頼だから受けなければならないと思っていたんだ。だが、サラは当然のように断るという」

「えへ」

思わず首をすくめてしまったサラだが、ネリーやアレン、そしてノエルや使者からは、断ろうとするサラがよほど衝撃だったのだなということに、やはり今ごろ気がついたのだった。

「サラだけではない。ブラッドリーも、ハルトも。招かれ人はことごとく断ると言った。それなのに別の作戦を立て、自分の信念のもとに力を尽くすという」

ハイドレンジアとローザ、五人の指名依頼のうち、四人がそれを拒否したのだ。よく考えたらすごいことだと思う。

「それなら私も、私の直感を信じて、それに従って動きたい。そのためには、指名依頼は断るしかなかった」

こんなに語るネリーはとても珍しい。

「断ったとき、心臓がどきどきしてどうにかなるのではないかと思ったよ」

「アハハ。ネリーでもそんなことがあるんだね」

「ああ」

魔の山に隠れるように住み、ローザの町の人にも心を開かず、淡々と義務を果たしていたネリー。

それが自分で物事を考え、自分の思うとおりに行動するようになった。

指名依頼を自分の意思で断ることで、自分にはめた最後のくびきを外したということなのかもしれない。

明日からまた大変な仕事が始まるというのに、ネリーの顔は晴れ晴れとしていた。


次の日は、同じく城に滞在しているクリスと一緒に、指定された場所に急ぐ。場所は王都の南。振り返れば街並みが見えるほど間近なところだ。タイリクリクガメがこのまま直進すれば、その街並みは全壊するだろう。少し西にずれたところにはダンジョンの入り口を表す建物も見える。

「こんなに近くなんだ」

「そうだな。ここが破られれば、復興には時間がかかるだろうな」

ブラッドリーの声には、気負いというものがない。絶対自分が成功させようという意気込みも感じられない気がして、サラは思わずブラッドリーの顔を見上げてしまった。

「考えていることはわかるよ、サラ」

ブラッドリーの声には、ほんの少し笑いの気配が感じられた。

「だけどサラ。私たちはこの世界に来るときに女神になんと言われた？」

「ええと？」

短いながらもいろいろ言われたうちのどれだろう。

「いるだけでいいと、そう言われなかったか？」

「俺は言われたな。好きなように生きていいとも」

ハルトが、たくさんの職人が動き回り、ちゃくちゃくと壁の基礎が出来上がっている現場を眺めながらサラの代わりに答えた。ブラッドリーはフッと微笑んだ。

「好きなように生きていいと言われても、世話になった恩は返したいものだ。そのせいでがんじがらめになっているのが嫌になって、私は魔の山に逃げた」

「俺もだ。おだてられて利用される馬鹿な自分でいるのが、嫌になった」

二人の話は、一度ローザで聞いていたからよくわかる。

この世界で好きなように生きていいというのは、わがままに生きていいということとは違う。サラも、自分なりに一生懸命生きて、この世界に恩返しもしている。

「だから、今回は強制ではなく、自分の意思でこうして自分の力を尽くそうとしている。成功したらいいと思うし、そのための努力もする。だが、もともとおまけの作戦だ。うまくいけばいいや程度の意気込みでいいんだ」

「役に立とうと思い込みすぎると、俺みたいにただ都合よく利用されちゃうからな」

特にハルトは、魔の山にいる間に、この世界と自分たちのあり方について一生懸命考えたのだろう。

「私たちの特性を生かして、力を尽くせばそれでいい」

気負わずにやれと、そう言われているようだった。

だが、そういう、気合の問題だけではないとサラははたと気がついた。

「そうですよ、それよりまず、作戦と、それから私が具体的に何をやるかを教えてください」

「そうだな。まずあれを見てごらん」

ブラッドリーが指さしたのは、土魔法の職人たちが働いている現場だ。

「壁は三つ。カメの甲羅の高さに合わせ、三階建てほどの台形を、斜めにずらして作る」

サラが休んでいた昨日から今日にかけて、すでに作戦は進んでいたらしく、膝の高さまでの基礎が、まるで団地のようにきれいに並んでいる。

「知っていたかい。王都の建物は、レンガのように同じ大きさの塊を魔法で作り、それを魔法で積み重ねた後、さらに魔法で補強する。ものすごく丈夫なんだよ」

サラも土魔法を使って、簡易な椅子代わりの台を作ることはある。それから、遠くに飛ばすための石つぶてもだ。

だが、お茶碗(ちゃわん)を作ったり、ましてや建物を作ったりという経験はない。そんな自分が役に立つのだろうか。それに、サラにはもう一つ気になることがあった。

「ええと、その作り方で、すごく気になっていることがあるんですが」

「なんだい？」

サラはブラッドリーに尋ねた。

「タイリクリクガメには魔法は効かないんです。というか、タイリクリクガメの表面で、魔法が崩れてしまうというか、吸収されてしまう感じなんです。せっかく作った壁も、カメに触れたら崩れてしまわないでしょうか」

「なるほど。だが、大丈夫だと思う」

ブラッドリーによると、根拠はローザにあるという。

「この作戦はそもそもローザのために立てたものだが、ローザの第一と第二、そして第三の壁にも、今でもタイリクリクガメに崩された跡が残っているんだ」

「わあ、第一のほうには一度も行ったことがないんです。そんなところがあったんですねえ」

サラはいまさらだが、ローザでは生活するのに精一杯で、観光できなかったことを悔やんだ。

「その壊れた跡を解析しても、ぶつかって壊れた形跡しかない。土魔法は作るとき魔法は使うが、構造物自体には魔法は残っていないようだね」

サラはなるほどと納得した。だが、そうなると実験の結果も怪しくなってはこないか。

「魔法攻撃の実験では、炎も風も石つぶても効かなかったような気がします。魔法でできたものに痕跡が残らないなら、石つぶては効果があるはずですよね？」

ブラッドリーはふむと頷いた。

「石つぶてを作るのは土魔法、それを放るのは風魔法、そうではないか」

「確かに」

「そして、タイリクリクガメの表皮が硬すぎて、少し強い石つぶて程度では傷つきもしなかったというのが真実だと思う」

「なるほど」

ブラッドリーと一緒にいるとなんでもすぐに答えが返ってくるので、もし最初からそばにいたら、サラもこんなに迷ったり悩んだりせずに魔法を習得できたのかとも思う。自分がとんちんかんな魔法を使って失敗した過去を思い出し、サラはちょっと遠い目をしてしまった。

だが、そうであればバリアのような変わった魔法は思いつかなかっただろう。

「だったら、大きくて鋭い石つぶてを作って、風魔法で……」

サラは言いかけた自分の言葉を途中で止め、思わず周りを見渡した。いるのはハルトとブラッドリー、そしてクリスとネリーだけだ。親しい人たちなのだが、なぜかネリーとクリスには今の言葉を聞かれたくないような気がした。

「だよな、サラ」

ハルトが笑みの浮かんでいない目で、サラを見ている。

「サラの言いたかったこと、俺、よくわかるし、たぶんできるとも思う。そして前の俺なら、たぶん口に出してた。そして、あの騎士隊長にほいほいと利用されてただろうな」

その声音は、普段のハルトとは違って暗いものだ。

「正直言って、サラが考えているよりずっとエグい魔法の使い方も俺は思いついてる。トリルガイアのネリーとクリスの前で言うのもなんだけど、俺たち招かれ人なら、タイリクリクガメは倒せる」

そして、そう言い切った。

「こんな大がかりなことをしなくても、王都の被害も、ローザの被害も未然に防げるんだ」

ローザという言葉で、サラはヴィンスやジェイを思い出した。

「でも、ヴィンスもジェイも、騎士隊と違って、わかっててもハルトにそれをやれとは言わない気がする」

「うん」

ハルトはこくりと頷いた。

「招かれ人がいなくても、俺たちでギリギリできる作戦を立ててくれってヴィンスには言われた。いつも協力的な招かれ人がいるわけじゃないからって。ジェイはさ」

ハルトはここで少し笑みを浮かべた。

「別に招かれ人に助けてもらってもいいんじゃないかってヴィンスに反論して、馬鹿かお前って軽く殴られてて。きっとヴィンスに叱られるってわかってて言ったんじゃないかって、俺、思ってる」

「その様子が目に浮かぶよ」

サラの口元にも笑みが浮かぶ。そこにブラッドリーが口を挟む。

「最初に話を戻すが、魔法で作った壁は有効だと思う。ただし、サラには今から、土壁づくりの練習をしてもらう」

「はい！」

サラのやるべきことが決まった。

「ついでにクンツに声をかけてきてくれないか。こちらの手伝いに回るようにと」

クリスにはお使いを頼まれてしまった。クリスの指し示すほうを見ると、職人に交じってクンツもブロックを作る作業をしているようだ。

「じゃあ、サラは俺と一緒にこっち。ブラッドリーはクリスと一緒に忌避薬を使った作戦を立てるだろうから」

サラはクリスと共に残るらしいネリーに手を振ると、ハルトに導かれて、基礎づくりの現場から少し外れた一角にやってきた。

「すみません、サラに、あの、この子に、建築用のブロックを作るやり方を一通り教えてもらえませんか」

「招かれ人様か。この忙しいときになんで、って、なんか理由があるんだろうな」

お願いされた土魔法の職人は、ブロックを作る担当のようだ。浮かんだらしい疑問に自分で答えながら、せっせせっせと、同じ形のブロックを作っている。作られたブロックは、収納袋に入れられて、基礎づくりの現場へ運ばれていく。クンツはその持ち運びの仕事をしているようだった。

「いいか、作り方は二種類ある。ひとつは、この型に」

職人はブロックづくりの手を止めて、説明を始めてくれた。まずブロックを作る型を指し示し、それを手に持ち集中する。

「魔力を注いで、直接ブロックを作る」

型の中はみるみる土で埋まり、それから押しつぶされたように硬くなっていく。型を裏返して職人がダンと底を叩くと、ごろんとブロックが出てきた。

「次にこれ」

今度は底のない型枠を取り上げ、地面に直接置いた。

「これは、接している土を、型枠に移動して固めるやり方だ。早いし、少ない魔力で大量に作れる。ほら」

みるみる型枠には土が盛り上がり、硬くなっていく。型を地面の上で軽く揺らし、持ち上げると、そこには先ほどのものとほとんど同じブロックができていた。

「どうだ？」

「やってみます」

サラは型枠を受け取る前に、まずできたブロックを手でさわさわと撫でまわした。

「レンガのようにざらざらしてない。あと硬くて重い」

持ち上げて膝の上に置き、とんとんと叩いてみる。

「このくらいの密度。土をぎゅっと押し固めるイメージ。うん」

サラはうんと頷くとブロックを置いて型枠を受け取り、地面に置く。

「土を型枠に移動」

これは土で椅子を作るときと同じだとサラは認識した。土はするすると枠に移動していく。

「これをぎゅっと固める」

型枠を意識して形作ってみる。型を揺らして、持ち上げると、そこには職人が作ったものとほとんど変わらないブロックができていた。

「一回でできたのか！」

「この子も招かれ人だからな」

「ああ！　前に聞いたことがあるぞ。宰相の息子の婚約者の」

「違いますから」

サラはすかさず否定した。まだその噂が残っていたことに苛立ちが隠せないが、そのおかげで招かれ人と認知されたのだから仕方がないのかもしれない。

そのまま、底付きの型を使ってもう一つブロックを作ってみる。大丈夫、今のと同じやつを作ればいいと自分に言い聞かせる。

「できた」

型をひっくり返すと、きれいなブロックが完成していた。

「よし！」

サラはぐっとこぶしを握ると、うきうきとハルトに問いかけた。

「で、私は有り余る魔力でブロックをたくさん作ればいいのかな」

「違うよ」

ハルトはなぜか気の毒な者を見るような目でサラを見た。

「今、土魔法の職人さんには、このくらいの底辺の壁の、基礎を作ってもらってるんだ。だから有り余る魔法で俺たちがやるのは」

「やるのは？」

「それを一気に三階の高さまで作り上げること」

サラはうっと詰まってしまった。

「それって難しくない？」

「難しいよな。でもそうしないと間に合わないだろ」

そのハルトの言葉に、職人がうなずいた。

「今日一日では、俺たち全員が取りかかっても、壁一つの半分できるかどうかだからな」

「ということは……」

「俺たちがそれぞれ壁一つずつ担当な」

「それは厳しい」

タイリクリクガメに攻撃しなくてよかったという話ではなかった。サラは背筋を冷や汗が伝うのを感じた。サラが間に合わなかったら、ブラッドリーとハルトだけでその仕事をすることになる。

「めちゃくちゃ責任重いじゃない」

「そうだな」

ハルトは何ということもないというように肩をすくめた。もうとっくに覚悟は決まっているのだ。

「おーい、サラ！」

クンツが基礎の現場から走って戻ってきた。

「クンツ！　こっちで仕事してたんだね」

「魔法が効かない相手じゃ、俺は何の役にも立たないからな。こっちでできることをしてるんだ」

自分にやれることを考えて、自分で動く。アレンもクンツも、しっかりとそれができているのだ。

「あ、クリスがね、クリスのほうのお手伝いをしてくれって言ってたよ」

「え、なんだろ」

特に心当たりのないクンツは首を傾げながら、サラに手を振るとクリスのほうに向かっていった。

「クリスはノエルとクンツのこと、自分の補佐だって言ってたけど、とっさの言い訳じゃなくて、本気でそう思ってるのかもね」

クンツの背を見送りながら、サラはそう思うのだった。

「さて、お使いも終わったし、次は、基礎から壁を立ち上げる訓練だ」

サラはブロックづくりを教えてくれた職人さんに気の毒そうな目で見られながら、ハルトに連れられ次の場所に移動した。

よく考えたら、集まった職人さんに指示を出して壁を作る場所を決め、一日で三つの壁の基礎ができている状態を作り上げたのはハルトとブラッドリーなのだ。ならば、サラだって泣き言を言わずに、頑張ってやるしかない。

そこからは、基礎から壁を作り上げる訓練に時間を費やした。

最初は一メートル四方に敷き詰められたブロックの上に、目の高さまでのブロックを作り上げる訓練だった。

「いきなりはちょっと」

さすがにためらうサラに、ハルトのアドバイスは雑なものだった。

「イメージだよ、イメージ」

「それはそうだけど」

「まず、俺がやってみるから」

ハルトは両手を胸の前に伸ばし、構えた。

「壁！」

途端に敷き詰められたブロックから、まるで地面がせり上がってくるみたいに土色のものが盛り上がり、気がついたら目の高さには、壁というより分厚いブロックの塊ができていた。

サラは驚きのあまり本当にぽかんと口が開いてしまった。

「どうよ」

だがその驚きは、ハルトが右手で前髪をかき上げてそう言った瞬間に消え失せた。意地でも褒めたくない気持ちが湧き上がるのはなぜだろう。

「詠唱が雑」

「そこかよ！」

がっくりしたハルトを見てニヤリとしたサラだが、かっこいい詠唱を考える暇もないくらい一生懸命だったのだろうということはちゃんとわかっている。

「疲れてない？」

「緊張はするけど、疲れはない。俺たちって本当に魔力については無限に使えるんだなって思うよ」

サラはハンターではないけれど、今までに何度も限界まで魔力を使ったことがある。それだって、魔力には限界はなくて、集中力や気力、体力のほうに先に限界が来るのが常だったから、ハルトの言うことはよくわかる。

「そうだね。気力や体力に先に限界が来るよね」

「そうそう」

ハルトは、出会ったときは空気の読めないわがままな少年という印象だったから、今こうして同じ招かれ人として友だちのように話していることが不思議な感じがする。だが、それはなんだか心地いいものだった。

ハルトは話をしながらも、作った壁に両手を当ててみている。いったい何をしているのかと思うと、一言だけつぶやいた。

「解」

途端に壁はさらさらとその形を失くし、砂はどこかへ消えてしまった。

「なんということでしょう！」

「やめてくれよ、サラ」

思わず叫んだサラの声を聞いて、ハルトは笑い出すと腹を抱えてうずくまった。

「いや、だって本当に驚いたんだもん。なんで？　なんで消したの？」

確かに邪魔かもしれないが、一度作ったものを消し去るなんて、と考えて、サラはああと膝を打った。サラだって、土魔法で椅子を作ったら、立ち去るときには元の状態に戻していたではないか。

「いや、同じとこにサラも作るかと思って」

「あ、それはありがとう」

変に驚いたり騒いだりせずに、今はサラも壁を作れるようになるのが先決だ。

サラは大きく息を吐いてから、ゆっくりと吸い込み、ハルトと同じように両手を胸の前に掲げた。

バリアをイメージしたときのように、基礎から立ち上がる壁をイメージする。目にはまだ、さっきのハルトの作った壁のイメージが焼きついている。

「壁！」

「俺とおんなじじゃないか！」

ハルトの声を効果音にして、目の前に壁がふっと現れた。

サラは震える手で、目の前の壁を叩いてみた。

「で、できてる」

「やったな！　つまり詠唱はあれでいいんだよ」

「ダサいけど」

声は震えたままだが、確かに壁はできている。強度もありそうだ。ただ、正直なところなんというか。

「少し、傾いてる感じ」

「だな」

作戦そのものは素晴らしいのだが、やはり実行するのが素人ではこの程度のものだ。

「さっきの職人さんに見せてもらったように、型があったらいいのにね」

「ほんとだよな。こんな大きい型なんて現実的じゃないからこそ、普通は小さいブロックを積み上げるんだろうしなあ」

最初からきちんとしたものを作るのは大変なこととはいえ、少し傾いた壁を前にサラはしょんぼりとたたずむしかなかった。傾いているとぶつかったときに崩れやすいだろうというのは容易に想像がつくからだ。

「型、かあ。大きくなったり小さくなったり変幻自在の型があったらいいのに」

変幻自在って、まるで自分のバリアみたいだよねと心の中でつぶやいたサラは、はっと目を見開いた。

「バリアだ」

「相変わらずクソダサいな」

「お互いさまでしょ」

反射的に言い返したサラは、ハルトに真剣な目を向けた。

「バリアだよ。ダサいとかそういうことじゃなくて、バリアで型を作って、それを埋めるように壁を作ったら？」

「障壁、か」

ハルトはバリアを障壁と言い換えると黙り込み、賛成とも反対とも言わず、腕を組んでじっと考えを巡らせていて、サラはやきもきした。

「いや、そういう役割だと障壁じゃなくて、やっぱりバリアのほうがいいか」

「詠唱の問題じゃなくて！」

「ハハハ、わかってるって」

サラはふうとため息をついた。良くも悪くも発言の予想がつかなくて少々疲れる話し相手である。

「やってみるしかないな。サラ、基礎のないところで、これと同じ形でバリアを作れるか」

「試してみる」

サラはハルトと少し離れたところに移動した。

「まずバリアで、台形を作ってみるね」

サラは自分を覆うバリアとは別に、何もない草原に、お椀(わん)をかぶせるような形でバリアを作った。土に接する面は開けてある。

「だいたい、ここら辺にあるんだけど」

「自分から離しても作れるのか。まさに変幻自在だな。でも、サラにはバリアの場所はわかるかもだけど、俺には見えなくて不安だなあ。半透明とかだとわかりやすいんだけどな」

ハルトが無茶なことを言ってくる。だが、確かにサラにとっては自分が作ったバリアだから形も位置もわかっているが、他の人には見えないのは確かだ。ではどうすればいいだろう。サラは頭の中で自分が思い描けそうなイメージを一生懸命探した。そして見つけた。

「半透明にするのはどうしたらいいかわからないけど、バリアを、例えば向こうが透けて見える窓ガラスだと思えば、すりガラスにするのはイメージできるかも。おばあちゃんの家で見たことがある」

「すりガラスか。俺は逆に見たことないけど、イメージはわかる」

「やってみるね」

サラは、バリアにそのまますりガラスのイメージを当てはめてみた。

「うっわ。くっきり」

すりガラスというより、ガラスの中に煙を閉じ込めたような真っ白なバリアができてしまった。

「もう少し、向こうが少し透けて見えるくらいに……」

煙が薄れていくようなイメージをバリアに送り込むと、バリアの向こうが透けて見えるくらいになっていく。

「どう？」

「いいね。じゃあ、俺がバリアいっぱいに土を押し込むイメージでやってみるな」

「じゃあ、反発を抑えて、単純な型になるように……。いいよ！」

「壁！」

ドン、という衝撃と共に、すりガラスの型の中は一瞬で土で埋まった。

「よし、バリアを外してみるよ！」

「ああ！」

サラがバリアを外すと、そこには先ほどのものと寸分変わらぬ壁が出来上がっていた。

「サラ！　できてる！」

「やった！」

思わずハイタッチして喜ぶ二人に、先ほどブロックの作り方を教えてくれた職人が歩み寄ってきた。

「驚いたな」

職人はできた壁を撫でさすった後、腰につけていた小さなハンマーで、あちこち小さく叩いてみている。

「硬くていい音がする。こりゃあいい壁だな。なあ、あんたたち」

ハンマーを腰に戻すと、職人は二人のほうに振り向いた。

「うちに来ないか。きっといい職人になる」

「うわあ、ありがたいお誘いです」

サラは思わず嬉しくてお礼を言ってしまった。

「でも私は薬師なので、ごめんなさい」

「俺もハンターなんで、申し訳ない」

二人で謙虚に断ると、職人は手を横に振った。

「いい、いい。一応言ってみただけだ。よく考えたらあんたら招かれ人だったよ」

ハハハと笑い飛ばして、職人はまたブロックづくりに戻っていった。

「ねえ、一人一つの壁じゃなくて、私がバリアで型を作って、その中にハルトやブラッドリーが壁

「ブラッドリーに提案に行こう」

「そのほうが効率的な気がするな。よし、ブラッドリーに提案に行こう」

「その必要はないよ」

意気込んだ二人だったが、すぐそばからブラッドリーの声がして飛び上がるところだった。隣にはなんとも言えない表情をしたネリーもいる。

「どうしたんだ？　そっちはそっちで忙しいんじゃなかったのか？」

ブラッドリーはサラたちのほうに来る予定ではなかったはずなので、ハルトが怪訝そうだ。そのブラッドリーは頭痛がするかのようにこめかみを押さえている。

「ハルトのやることを押さえるだけで十分だと思っていたが。勝手に工夫を重ねていくのは日本人の特性なのか？」

「はあ？　何を言ってるんだ？」

ハルトが遠慮なく聞き返している。

「確かに私は向こうに用があったが、こんな突拍子もないことをやっていたら、目が離せるわけがないだろう。今のはいったいなんだ？」

「突拍子もないこと？」

ハルトは何のことだという顔をした。

「ああ、サラのバリアか。それをまさに今、報告に行こうと思っていたんだ」

「報告に来ようとしてくれてよかったよ」

なぜかため息をつくブラッドリーに、サラはハルトと一緒に今の実験の説明をすることになった。

「というわけで、三つの壁もそんなふうに作ってみたらどうかなって思ってさ」

ブラッドリーが、それでも納得できないような顔をしているので、サラはハルトの言葉に合わせ、先ほどのすりガラスのようなバリアをもう一度作ってみせた。一度工夫したものは二回目からは簡単に作れるものだ。

「このように」

そして、型になるバリアの形をいろいろと変えてみせた。鋭角は難しいが、少し丸みを帯びた形ならいろいろと応用ができる。

「壁を作る前に、微調整も効きますので」

ふんと鼻息を吐いたサラは、まるでプレゼンをしているみたいだなとちょっと自分を誇らしく思った。

「ああ、今思いつきましたけど、壁を作る場所の手前に、高い台みたいなのを作って、その上から壁を形作るとやりやすいかもです」

その台も土魔法の応用で作れるだろう。

「じゃあさ、サラ。それ、さっさと作ってこようぜ」

「うん。行こう！」

「待て。ちょっと待て。本当に待ってくれ」

今度こそブラッドリーは頭を抱え込んだ。

「ちょっと早すぎて付いていけないし、できるからってすぐやっていいってことにはならないよね。まずマイナス面とか安全性とかをしっかりと考えないと」

サラとハルトは、壁のほうに行こうとすでに体の向きを変えていたので、それを聞いて慌ててブラッドリーのほうに向き直った。

「本当ですね。ちゃんと考えないと」

サラはうんうんと頷いた。ハルトもさっそく腕を組んで考えている。

「安全性か。そうだ、台のほうは、作ってから階段を作ればいいんじゃないか？」

「え、私、高いところにはネリーに跳んで運んでもらおうと思ってた。そうか、人を頼っちゃだめだね。よし、階段を作ろう」

「いや待って。落ち着いてくれ、二人とも」

きょとんと見つめてくる二人に耐え切れなかったのか、ブラッドリーはネリーにぶつぶつと愚痴を言っている。

「正直なところ、落ち着いているサラの面倒を見ているネフェルタリのことを、うらやましいと思ったことはないと言ったら嘘になる。だが、今初めてわかった。なんでネフェルタリとサラがあんなに事件に巻き込まれていたのかを」

「事実としてサラと暮らすのは楽だぞ。うらやんでくれてかまわないが」

ネリーは真顔で答えていて、ブラッドリーの悩みをまったくわかっていないようなのが笑える。

そしてネリーは素晴らしいと思うサラである。

「私、ブラッドリーにすごく失礼なことを言われている気がする」

「奇遇だな、俺もだ」

この件に関しては、サラはハルトと気が合った。

ネリーは考える様子を見せたが、うんと一つ頷いた。

「それに、特段なにか事件に巻き込まれた記憶はない」

「そ、そういう認識か。それならいいが」

サラもけっこう事件には巻き込まれている気がするのだが、ネリーとブラッドリーが納得したのならそれでいいのではないか。

「で、現実問題として、サラとハルトの提案の何が問題なんだ？　何事もまずやってみなければわからないではないか」

ネリーが問題の本質を突いてくれた。まずやってみることが、ネリーの教育方針でもあることをサラは身に染みて知っている。

「何がって。こういうことは、時間が許す限りよく考えるべきだろう」

「そうだろうか。考えてどう変わる？」

「うっ」

ネリーに追及されるブラッドリーを見るのは面白いが、サラも真面目にブラッドリーの言った安全性とマイナス面を考えることにした。

「今試しに作ったのとは比べ物にならないほど大きい構造物を作るわけだから、失敗したときにどう危険かということだよね」

「そうだな。強度が足りず崩れ落ちることかな」

サラもハルトも、大きすぎて作れないのではないかという心配はしていなかった。

「ただし、基礎から立ち上げる形にするから、さっきみたいに土から吸い上げるんじゃなくて、バリアの型の中に土を作って生成することになるよ。難易度が上がる気がする」

「いや、むしろ、それだけの土を吸い上げたら、ここら辺の地形が変わっちゃうだろ。ここはなんとなく土でいっぱいにして固めるっていうイメージのほうが失敗がないと思う」

「じゃあ、今度はさっきの練習用の基礎の部分でやってみようか」

基礎の上には、さっきサラの作った少し傾いた壁がそのまま立っている。

「これを崩して」

サラが壁の結合がほどけていくイメージで魔力を送り込むと、壁はさらりと土に変わった。

「で、土はどこかに移動」

崩れた土がさらさらと地面に流れ、消えた。

「さ、ハルト。じゃあ型を作るよ。ええと」

ちらりと大人組のほうをうかがうと、今度はブラッドリーがしゃがみこんでしまっている。サラがどうしたのかとおろおろしてネリーの顔をうかがうと、ネリーは重々しく頷いた。

「サラと違って、普通の招かれ人は変わった振る舞いをするものだと聞く。気にしないで作業を続けるといい」

「うん、ネリー」

サラは言われたとおり、ブラッドリーのことは気にしないようにして、基礎の上にきれいに載るように、バリアの型を整えた。確かに基礎の形があって、その上にバリアを作るだけだと楽である。

「バリアの下は閉じる？　閉じない？」

「閉じないでくれ」

「了解」

ハルトは大きく息を吐いて両手を構えた。

「壁」

ドン、と衝撃が来て、型の中がみっちり埋まった気配がする。

「ハルト、安全のため、離れて」

「わかった。けど、やっぱり土を地面から集めてくるより楽だぞ」

サラが先ほどはしなかった気遣いをすると、ハルトも成果を分析しながら壁からゆっくりと離れた。

「よし」

サラがバリアを消し去ると、そこにはさっき作ったものと寸分違わぬ壁ができていた。

「さて、俺の出番かね」

様子をうかがっていたらしい職人のおじさんが、また小さなハンマーであちこち叩いてみている。

お願いしたわけではないのだが本当に助かる。

「ああ、気をつけて。安全性が」

「それを確かめてるんだろうがよ」

職人は肩をすくめてコンコンと音をさせ、合格を出してくれた。

「ブロックを積んで壁を作るのと、その後硬化させるのと、二段階をいっぺんにやってるのと同じだな。こりゃ効率がいい。あえて言うなら重さだな」

おじさんはしゃがみこむと、底部のあたりを叩いた。

「このくらいなら大丈夫だが、三階建てほどの壁となったら、その重さで地面が沈み込んでゆがみが出るかもしれない」

「それなら、まず基礎の下の地面を強化することから始めたほうがいいですね」

「そうだな。そのくらいしか考えつかねえな」

つまり地震でも倒れないマンションの基礎みたいなものを考えればいいんだなと思いついたサラは、急に赤面して、ブラッドリーと同じように頭を抱えて地面にしゃがみこんでしまった。

「どうした、サラ」

ネリーが心配して手を差し出したり引っ込めたりしている。

「私が最初にバリアを作ろうとしたときのことを思い出したの」

ネリーはサラから目をそらし、ああと頷いてまたサラと目を合わせた。

「坂道を永遠に転がっていったときか」

「永遠じゃないから。坂の下までだったから」

ここは否定しておかなければならない。永遠に転がるかとは思ったけれども。

「そうじゃなくて、転がらないように、結界の下に杭(くい)の形の結界を伸ばして固定したときのことだよ」

「ああ、そのせいでまったく移動できなかったときか」

「移動できなかったわけじゃないよ。移動するとき、杭を打ち直さないといけなかっただけで」

ネリーが覚えていてくれたことは嬉しいが、サラにとってはやはり恥ずかしい思い出である。

「へえ、バリアにそんな誕生秘話があったとはなあ」

「ハルトも、いいから。そこはどうでもいいことだから」

なぜか感心しているハルトにも突っ込みを入れつつ、サラはその時の体験をブラッドリーに語った。

「結界を地面に杭のように刺すと、高山オオカミがぶつかっても全然倒れなかったんです。出来上がった壁の下に、杭を足す形にしてはどうでしょうか」

「俺、やってみる」

サラはブラッドリーに提案したのだが、それを聞いてハルトがすぐに先ほど作った壁に手を当てる。

「壁の底部から、杭を伸ばす、いや、杭の形に地面を硬化する。よし！」

ハルトはふうっと息を吐いた。

「いっぺんに壁を作るよりは気を使うな。壁と一体化させたうえで四隅から杭を伸ばす形にしたけど、本当に丈夫になってるのかは不明」

「大きなハンマーを借りて叩いてみるとか？」

サラにはそのくらいしか思いつかない。

「こんなときこそ俺の魔法の出番だぜ」

ハルトが腕まくりした。

「トール・ハンマーとかどうだろう」

「それは雷撃じゃないの？」

「物理でもいけるんだよ。でもまあ、雷は出さないようにするからさ。出したほうがかっこいいんだけど」

雷を出さないことが残念そうなハルトだが、やるべきことはわかっていて、なんだなんだと近寄ってきていた人たちに、離れるようにと合図した。

「詠唱はサラに笑われるからやめとく。すんごくかっこいいんだけどな。さ、いくぞ」

ハルトが口の中でなにかぶつぶつつぶやくと、胸の前に伸ばした手のひらの前方に、くるくると回転する尖（とが）った岩の塊が出現した。さっきサラが口に出しそうになった魔法と同じだ。

「雷はまとわせない。トール・ハンマー！」

岩の塊が消えたかと思うと、ドンという音と共に細かい石や砂があたりに飛び散った。砂煙が収まった後には、壁は上半分は崩れていたけれど、下半分はしっかりと残っていた。

「なあ、ブラッドリー！　いけそうだろ？」

「はあ」

ハルトの得意そうな顔を見て、ブラッドリーは大きなため息をつき、肩をすくめた。

「わかった。わかったよ。認める。間違っていたのは私のほうだった」

サラもハルトも、何が間違っていたんだろうと不思議に思いブラッドリーを見つめた。

「そんな純真な目で見ないでくれ。安全性もマイナス面も考えるのは必要なことだが、それを言い出したのはすべて、私が事態の進展の早さについていけてなかったという、それだけのことなんだ」

そう言われても、ブラッドリーが間違っているところなど何もないと思うサラである。それはネリーも同じだったようだ。

「この壮大な計画を立て、一日でここまで実現したお前に間違っているところなどないと思うが」

「くっ」

ネリーの言葉に、ブラッドリーは珍しく動揺している。なんならほんのり顔が赤いような気さえする。

「この計画も、考える時間があったからできたんだ。それなのに、次から次へといろいろな考えを思いついて実行する二人を見て、自分にはそれだけの判断力と実行力がないと焦ってしまった。だからすぐには賛成できなかった」

ネリーは腕を組んで首を傾げた。

「それは普通のことでは？」

「うっ」

また言葉に詰まったブラッドリーを見て、ハルトが目を丸くした。

「今日はブラッドリーのいつもと違う顔が見られて面白いや」

「ハルト！」

「怒られちゃったぜ」

気にもせず肩をすくめているハルトである。ブラッドリーは気持ちを落ち着けるように何度か咳払いした。

「では、サラとハルトの提案どおり、やってみるか」

「やった！」

「はい！」

あらかた基礎づくりは終わっていた、王都から一番遠い三つ目の壁の横に、サラはまず物見の台を作ることにした。イメージは二階に上れるくらいの大きな滑り台だ。階段があって安全に上れる手すりがある台など、滑り台しか思いつかない。

「これも大きい建物を作る練習だと思えばいいよね。ええと、まずバリアをこう」

ふわんとバリアを立ち上げ、滑り台のような形を作る。

「ええと、こっち側が階段」

「おお、わかりやすいぞ」

「滑り台のほうはなくそうかな」

「なくさないでくれ！」

ハルトの希望で、完全な滑り台型の台をイメージする。

「いいよー」

職人が手を休め、何が始まるのか固唾を呑んで見守る中、サラののんきな声が響いた。

「よし！　壁！」

ドン、と衝撃と共に、もう馴染みになった音が響いた。

サラはバリアの周りに人がいないことを確認して、バリアを外す。

「おお……」

どよどよと職人たちの感嘆の声が響く。

「じゃーん。滑り台一号、じゃなくて、物見の台です！」

「上ってみようぜ」

手すりまで再現した完璧な滑り台にハルトが駆け上がった。手すりの意味がないとサラは残念に思う。

「おお！　たっけー！　遠くまでよく見えるぜ！」

「ハルトー！　強度はー？」

サラが下から声をかけると、ハルトは台の上でジャンプしてみている。

「そんなことじゃわからねえって」

小さなハンマーを手に、職人たちが四方八方からわらわらと集まってきて、手すりを揺り動かしたり、階段を叩いたりし始めた。

「お嬢ちゃん、できるなら基礎の部分をもっとしっかり固定してくれ」

確かに地上部にしか注意が向いていなかったかもしれない。

「わかりました！　むん」

サラは階段の手すりから硬化して土台を固定するイメージを送り込む。

「できた」

「よーし、合格だ」

職人さんの許可を得て、サラも手すりをつかんで物見の台に上っていく。

「わあ、本当に高い。ここからだと、三つの基礎全部が見えるね。それどころか」

サラは王都と反対側に体を向け、思わず背伸びをした。

「向こうがハイドレンジアだ。遠くまで見えるなあ」

滑り台をイメージしたとはいえ、物見の台は大人が五人ほど立っていられる広さがある。ネリーもブラッドリーも、そしてクリスとクンツもいつの間にか上ってきていた。そうなるとさすがに狭いが、知り合いばかりなので楽しくもある。

「これはいい。だいぶ遠くまで見えるから、タイリクリクガメがやってくるのをいち早く見つけることができるな」

クリスもハイドレンジア方面を眺めて満足そうだ。

「さあ、それでは本体のほうをやってみるか」

「待て待て。本当に君たちは」

なぜかネリーが指示を飛ばそうとして、ブラッドリーに止められている。

「今から作業している人を退避させて、私は下で待機する。そこから壁の形の指示を出すから、サラの仕事はそこからだ。そしてその後がハルトの仕事。二人とも、魔力は大丈夫か」

確かにサラもハルトも、今日はすでにかなりの魔力を使っている。サラは慎重に自分の体の中を探ってみたが、特に疲れてもいないし、魔力がなくなるような気配もない。ニジイロアゲハをまとめて捕まえたときのほうがずっと疲れたくらいだ。

「大丈夫です」

「問題ない」

その返事を聞いて、ブラッドリーは安心した顔をして階段を下りようとした。

「待てよ、ブラッドリー」

「なんだ?」

ブラッドリーは片足を階段にかけた状態で、ハルトのほうに振り向いた。

「降りるなら、こっちだろ」

ハルトが指し示したのは、まさに滑り台の部分だった。

「まさか。もう子どもではないんだぞ」

「大人とか子どもとか関係ないだろ。ほら、サラ」

「え?」

何がほらなのか、サラはハルトに腕を取られ、いつの間にか滑り台側に座ることになっていた。

「まさか」

「俺も行くから。そーれ！」

ハルトに背中を押されたサラは、

「わー！」

と叫びながら、職人さんたちが見守る中、滑り台を滑っていく羽目に陥ってしまっている。

「ハハハ！」

隣でハルトがとても楽しそうに笑っているが、こういうことは時間があるときにのんびりやるものだとサラは思うのだ。

とん、と足が地面についたサラは、平静を装って静かに立ち上がる。とたんに背中をバン、とハルトにどやされた。

「めちゃくちゃ楽しいな。サラ、ありがとうな」

「う、うん」

何をするのだと文句を言いたくても、楽しそうに滑り台を作ったお礼を言われてしまっては怒るに怒れない。

職人さんたちの生暖かい目に見守られながらとぼとぼと階段に向かうと、ブラッドリーとクンツは普通に階段から降りて待っていた。

サラのお手本は無意味だったらしい。だが、ネリーとクリスはどこだろう。サラはきょろきょろとあたりを見渡した。

「上だよ。いや、下か？」

クンツの虚無な目の先を追っていくと、ちょうどネリーとクリスが滑り台を滑り降りているところだった。

「えっ」

「あの人たち、たしか四〇歳超えてるよな。いや、いいんだ。年齢で人を判断するべきじゃない。うん」

クンツが遠い目をしている。私たちの時は生暖かかった職人たちの目が、今度はあちこちにそらされている気がするが、気のせいだろう。

ネリーがスタスタとこちらに歩いてきた。

「サラ、いいものを作ったな。早く降りられるだけではなく、わくわくする」

ニコニコしているネリーを見たら、細かいことはどうでもいい気がしてきたサラである。

「だよね！　全部が終わったら、一緒に滑ろうか」

よく考えたら、大人だって夢の国でジェットコースターに乗ったり、耳付きのかぶり物をしてキャラクターと写真を撮ったりする国からサラはやってきたのだ。滑り台ごときでごちゃごちゃ言うべきではない。ましてや自分で作ったのだし。

「ネフと一緒なら、なんでも楽しい」

変わらず無表情なクリスの口から、楽しいと聞いても本当かどうかわからないが、少なくとも満足そうなのは確かだった。そんなサラたちにはかまわず、ブラッドリーの声が響く。

「では、皆さん、この壁のところから距離をとってください！」

職人がぞろぞろと移動していくのを見ながら、サラはハルトと一緒にもう一度滑り台に上った。人の移動が完了し、安全が確保されたところで、ブラッドリーの右手が上がった。何も言われていないが、バリア作成可の合図だろう。

「行くよ」

サラは、基礎の形をしっかり目に焼き付けて、まずそこから支えになる杭を打ち込んでいく。剣山を逆さにしたものをイメージしたので、杭がたくさん刺さっている感じだ。建造物が大きいだけに、杭が固まっていく振動が地面からゴゴゴと伝わってくるのが少し怖い。

「次がバリア」

サラはふわんと大きいバリアを立ち上げ、基礎にかぶせるように、台形の壁を形づくっていく。そのうえですりガラスのように半透明に色をつけた。

「おお……」

職人たちからあがったのはどよめきだった。そして距離をとっているように言われていた職人たちが、バリアに走り寄ってくると、ブラッドリーの指示を待たずに、あっちをこうしろとかこっちをこうしろとか、サラに合図してくる。

サラはそれを一つ一つ受け取って、丁寧にバリアを修正していった。なにしろ、先ほど傾いた壁を作った実績があり、自信があるわけではないので、助言は素直に聞くに越したことはない。

やがて満足したのか、どこからも指示が出なくなった。またブラッドリーが右手を上げ、基礎の近くにいた人たちもすべて移動したので、サラは隣のハルトを見る。

ハルトは静かに目をつぶって集中していた。

「ハルト、よさそうだよ」

サラは集中を途切れさせないよう、静かな声で促した。

「ああ。必死に考えたが、やっぱり無理だな」

「ええ！」

いきなり無理と言い出したハルトにサラは驚くしかない。

「なにかかっこいい詠唱をしたかったんだけど、とっさには思いつかないもんだな」

「そっち？　そっちなの？」

「ハハハ」

脱力するサラを笑い飛ばすと、ハルトはニヤリとした。静かで落ち着いているハルトより、こっちの不遜なハルトのほうが彼らしいやと思うと、サラも肩の力が抜けるような気がした。

だが、バリアまで力を抜いてはいけない。

「行くぞ、サラ」

「任せて」

目を合わせて頷きあうと、正面に向いた。

「壁！」

どうん、と、先ほどまでとは比べ物にならない衝撃に、思わずサラはとっと二、三歩後ろに下がってしまう。階段から落ちてしまうかと思ったが、ぽふんと柔らかいものに受け止められた。

「大丈夫だ。私がいる」

「ネリー」

ふと隣を見ると、ハルトは手を前に出したまま、ガクリと片膝をついていた。

「きっついな。魔力がごそっと抜けたぜ」

そして手を膝に置くと、慎重に立ち上がる。

「そして充電完了。もう魔力は元通り」

額に汗が流れているほかはいつものハルトだった。

「じゃあ、バリアを外してみるよ」

サラはすっとバリアを消し去る。

「おおお……」

今度は職人だけではなく、サラもハルトも含めてその場にいたすべての人から感嘆の声があがった。

そこには舟をひっくり返したような形の、重厚な壁が出来上がっていたのだ。

「すごいけど、これすら壊してしまうかもしれないんだな、タイリクリクガメは」

「うん。そのくらい存在感のある魔物だったよ」

斜めにずらして配置された三枚の壁がタイリクリクガメの行く手を阻み、少しずつ進路をずらしてくれる。そう祈るしかない。騎士隊がタイリクリクガメを倒していれば別だが、おそらく倒すことはできないだろうから。

「順当にいけば、明後日（あさって）にはタイリクリクガメがやってくるはずだ。残りの壁も、できるだけ早く作ってしまおうぜ」

「うん」

　サラは、物見の台の上から、ハイドレンジアの方角を眺めた。

　そこにアレンがいる。

　サラ自身が招かれ人だが、この場所には他に二人の招かれ人がいる。それはここがトリルガイアのどこよりも安全な場所だということでもある。

　いつもサラのすることを尊重してくれたアレンのように、アレンの選択を尊重したいサラだが、今回ばかりは安全な自分のそばにいてほしいと思う。

　明日は騎士隊がタイリクリクガメと衝突する日だ。

　無事でありますように。

　サラは胸の前で祈るようにぎゅっと手を握り合わせた。

「さ、次に行こうか」

「ああ」

　今は自分のできることを精一杯するしかないのだから。

　その日の夕方にもう一つ、そして次の日の朝にはもう一つ。

二日目には三つの壁は完成していた。

「あとはタイリクリクガメが近づいてきたら、クンツをはじめとした魔法師が、壁全体に忌避薬を撒き散らす。あらかじめ散布しておくと匂いが飛んでしまうのでな」

仕上がった壁のどこにどう忌避薬をぶつけるのかを考えるのがクリスの役割だ。明日、タイリクリクガメがやってくるまでもうやることのないサラたちと違って、忙しそうに三つの壁の間を行き来している。

やることがないと気になるのはやはりアレンのことである。ぼんやりと物見からハイドレンジアのほうを眺めているサラを見かねたのか、ハルトがこう提案してくれた。

「なあ、サラ。そんなに気になるならさ。俺たちの有り余る魔力をもうちょっと活用してみないか？」

なにかの勧誘のようなセリフで怪しいが、サラは今、何かできることがあるのがありがたかったので、素直に誘いに乗ることにする。

「いいけど。どう活用するの？」

「ああ。三つ目の壁の向こう側にさ。もう一つ大きな滑り台、ゴホッ、物見の台を作らないか？」

「今滑り台って言わなかった？」

「言ってない」

不毛な会話である。サラは諦めて素直に話を続けることにした。

「物見の台を作りたいの？　これ以外に？」

「そう。もっと高くしたら、もっと遠くまで見えるんじゃないか？」

サラは半目になってハルトのほうを見た。実はもう一つ、楽しい滑り台を作って遊びたいだけなのではないかという疑惑の目だ。

「いや、違うって」

ハルトは慌てて顔の前でフルフルと手を横に振った。

「違うけどさ。もしこれがタイリクリクガメに倒されなかったら、きっと王都の家族連れの遊び場になると思うんだよね、俺」

サラの目に、ピクニックを楽しむ家族連れの姿が浮かんだ。三つの壁を指さして、招かれ人の作ったものだよと語り継ぎ、お昼を食べて滑り台で遊んで帰る。

「……いいね」

「だろ？　で、この壁がウォール・サラ、真ん中がウォール・ハルト、そんで向こうがウォール・ブラッドリーって呼ばれたりしてな」

ニシシと笑うハルトにサラは冷たく言った。

「それはやだ」

そんな語り継がれ方はしたくない。壁はどうせ壊れてしまうのだから、そんな心配はしても仕方がないのだけれども。

「でも、大きな物見の台は作ってもいいな。作戦が終わって邪魔なら壊してもいいんだしね」

「よし、じゃあ、作戦の邪魔にならないよう、壁から少し西側にずらそうぜ」

サラとハルトは物見の台を滑り降りると、急いで目的地に向かった。

「ここなら邪魔にならないと思う。高さはどうする？」

「あんまり高くても危ないしな。あの壁より少し高いくらいでどうだ？」

「いいね」

サラは、すでに作った物見の台よりも一階分高い物見の台をイメージした。

ほわん、とバリアを張り、すりガラスの色をつける。

「もう少し大きめに。滑り台部分の傾斜はもうすこし緩やかにしよう」

「やっぱり滑り台なんじゃない」

「違うって。あ、まずい。サラ、急げ」

ハルトに急かされ、サラは一回り大きめに、緩やかにバリアを整えた。

「いいよー」

「よし！　壁！」

ずどんと、大きな振動が響く。もう手慣れたものである。サラがそっとバリアを外すと、見事な階段と手すり付きの大きな物見の台ができていた。

「ハルト！　勝手なことをするな！」

招かれ人なのにハアハアと息を切らして飛んできたのはブラッドリーである。

「へへっ。もう作っちゃったもんね」

「お前、本当に……」

はあっと大きなため息をついたブラッドリーは、常にこういうハルトのやんちゃに悩まされているに違いない。

「ハルト一人ならやんちゃで済むが、サラがいると途端に問題が大きくなる。なにを私ですか？みたいな顔をしているんだ、サラ」

とばっちりが飛んできたのでサラは思わずひゅっと首をすくめてしまった。

「ああ！　ネフェルタリ！　勝手に上るんじゃない！」

振り返ると手すりにもつかまらずスタスタとネリーが物見の台の階段を上っているところだった。

「どうして誰も言うことを聞かないんだ！」

ブラッドリーが頭をかきむしっている間に、ネリーは物見台まで上ってしまった。そして滑り台一号に初めて上ったときのサラと同じようにハイドレンジアのほうを眺めている。

「あれ？」

サラはそのネリーをニコニコと眺めていたのだが、ネリーの体に緊張が走ったのが見え、どうしたのかと不安になる。ネリーは振り向くと大きな声で叫んだ。

「ブラッドリー！　来い！」

ネリーの切羽詰まった声に、ブラッドリーは一瞬で気持ちを立て直し、階段を駆け上っていった。

おろおろするサラにハルトは親指を突き出し、上に向けた。

「俺たちも行くぞ」

「うん」

そうして駆け上がった物見の台の上では、二人がじっとハイドレンジアのほうを見ている。サラも釣られてそちらを見ると、何やら土煙のようなものが上がっているような気がする。

「やべえ」

狭い台の上なのに、ハルトが一歩後ろに下がった。

「あれが、タイリクリクガメか」

「王都にたどり着くのは明日のはずだっただろう！　何が起きた！」

ブラッドリーが手すりを両手で叩く。

「私は急いで王都に使者を出してくる。それからクリスに作戦を早めるように伝えなければ」

ブラッドリーは今度は体面など気にせず、滑り台を滑り降りていった。

「案外、緊急時にも役に立つな」

「うん」

しかしのんきにそんなことを話している場合ではない。台の下では、慌ただしくタイリクリクガメを迎える準備が始まっていた。

王都方面に馬で走っていく使者を見送ると、三つの壁の、物見からは見えないところで、人がたくさん動いている気配がする。

「うわ、なんだこれ。おばさんの集団に入ったみたいな匂いがする」

微妙に失礼なハルトの言い分だが、サラにとっては懐かしい南方騎士隊の香りである。すなわち、

「これがクリスの、竜の忌避薬の匂いなんだよ。花の香りで、原料はギンリュウセンソウ」

クリスがすかさず竜の忌避薬を使ったということだ。クリスが参加してからの渡り竜討伐にはハルトは参加していないので、これが初めての体験である。興味深そうにふんふんと匂いを嗅いでいる。そんなハルトに、目をすがめてタイリクリクガメを見ているネリーから声がかかった。

「ハルト、ちょっと聞きたいことがある」

「なんだ？」

ハルトは壁からタイリクリクガメのほうに目を向け直した。

「お前は目がいいか」

「ああ。魔の山暮らしのせいか、前よりよくなった。少なくともブラッドリーよりはいい」

サラもこちらの世界に来てから目がよくなったが、ネリーほどではないし、アレンがいたらアレンが一番目がいい。

「では、タイリクリクガメの頭部を見てみてくれ」

「もう頭まで見えるのか。やばくないか」

ハルトも慌てて、手を庇のようにすると土煙が立っている方角を一生懸命眺めた。

「頭部って、あれ、タイリクリクガメって角かコブかなんかが生えてたっけ」

「生えていない。ヘビのようにつるりとしている」

「ということは、頭に何が付いているんだ？」

サラも背伸びをしてみたが、頭に何かが付いているかどうかも見えなかった。ただし、リクガメが頭を左右に振ったのは見えた。まるで何かを振り払うかのようだ。

サラはハイドレンジアのダンジョンで、竜の忌避薬を使ったときのことを思い出す。

「あの時も、忌避薬を振り払おうとして頭を左右に振ったり地面に擦りつけたりしていたよね」

「ああ、だが、忌避薬はクリスしか持っていないはずだ。まさか」

ネリーは、いっそう目を細くすがめて、何が起きているのかを見極めようとしている。その時、ハルトがよろけるように後ろに下がった。

「人、だ」

「なに？　人？」

「人が頭にしがみついているように見える」

しがみついていたら、頭と一体化してしまい角やコブのようには見えないのではないかとサラはぼんやりと思う。

「ネフ！　状況は！」

クリスとクンツが息を切らせて階段を駆け上ってくる。ブラッドリーに至っては、階段を上る時間も惜しくなったのか、滑り台のほうから身体強化で一息に跳ねてきた。

「右目に、剣。そしてその剣に、人がしがみついている。若い。というか細い。砂色の髪の毛」

ネリーは一つ一つ区切るように、見えたものについて話している。

サラは血の気が引いた。心当たりは一人しかいない。

騎士隊にもハンターにも若い人はいるけれど、それでもたいてい二〇歳は超えていて、がっしりとしているだろう。

ネリーは口を開くと何も言わず閉じ、手すりをぎゅっと握った。わかっているけれども、口にしたくない迷いが見えた。

だがクンツがネリーを押しのけて前に出ると、人影を見て叫んだ。

「アレン！」

やっぱり、とサラは思わずしゃがみこみそうになる。

「何が、何があった！」

ブラッドリーが先ほどと同じことを繰り返したが、その場にいる誰もわかるわけがない。

だがネリーは静かにこう分析した。

「騎士隊の作戦を唯一実行できたのがアレンで、そして実行できてしまったばかりにタイリクリクガメが暴れ出した、そんなところだろう」

「そうだろうな」

クリスも冷静にそれに答えている。

サラは自分に何ができるのか必死に考えたが、力不足なのか何も思いつかず焦りばかりが先に立つ。

「クリス。後は任せた」

「ああ、わかっている」

ネリーはクリスの肩をつかむと、そのままクンツのほうに目をやった。クリスはというと、自分の収納ポーチから次々と上級ポーションを出してクンツに手渡し始める。

「え？　俺に？」

「クンツ」

手渡された上級ポーションを反射的に自分のポーチにしまいながら、クンツは話しかけてきたネリーのほうに視線を移した。

「アレンを助けに行く。風魔法の使い手が必要だ。危険だが、付いてこられるか」

「行く。このくらいの距離なら身体強化ももつし、カメの魔力にも耐えられると思う」

手のほうは忙しくポーションを受け取りながらも、クンツは迷わずに頷いた。

「よし。サラ」

サラのほうを振り返ったネリーの目は優しかった。

「アレンのことは任せろ。サラはあいつを止めてくれ」

「わかった」

サラはがくがくと頷くしかなかった。あいつとはタイリクリクガメのことだろう。サラが止められるわけはなかったが、ここに残って頑張れという意味に受け止める。

「行くぞ」

「ああ」

ネリーとクンツは物見台から飛び降りると、風のようにタイリクリクガメのほうに駆け出した。

「アレンだと！　ネフェルタリは何をするつもりなんだ」

取り乱しているブラッドリーの腕を、クリスはぐっとつかむと、タイリクリクガメのほうに体を向けさせた。

「ブラッドリー。お前が悩むべきことはこっちだ。見ろ」

見ろと言われて、ネリーではなくタイリクリクガメのほうに目を移したブラッドリーの顔は色を失った。

「馬鹿な。進路がずれている。予想より西！　このままでは壁の西側を通り、王都を直撃してしまう！」

サラも慌ててタイリクリクガメのほうを見るが、そもそも進路についてはは全然わかっていなかったので、おろおろするしかない。

「今ある壁が何も役に立たなくなる。どうする、どうする」

ブラッドリーがぶつぶつ悩んでいるのを聞いて、サラはハッとした。

今ある壁が役に立たないのならば、新しく壁を作ればいい。

「ハルト！」

「合点だ！」

「いつの時代？」

サラは笑いながらハルトと一緒に滑り台を滑り降りた。恐怖で体が凍るようなのに、お腹の底から熱い何かがこみ上げてくる。

「サラ！　ハルト！」

後ろからブラッドリーの引き留めようとする声がするが、もう止まれない。

「行ってきます！」

「俺たちに任せとけ！」

目指すは三つの壁とタイリクリクガメの中間地点だ。

ネリーとクンツより西寄りの方向に身体強化で移動しながら、サラはハルトに話しかけた。

「作戦は、タイリクリクガメの進路にどんどん壁を作ってぶつからせる、でいい？」

「俺もそう思ってた。けど、走りながらはさすがにキツい」

確かにサラも自信がない。タイリクリクガメの正面に向かって走っているという恐怖感もある。

「静止して、どこに壁を作るか判断する拠点がいる」

「じゃあ、あそこ！　手前だけど、直進から少し西にずれたところに、物見台を立てる。最速で」

ききっと音が鳴りそうなくらいの勢いで止まると、サラは迷わず滑り台一号と同じ大きさの型をバリアで作り出す。大きすぎて作るのに時間がかかっては困るからだ。

「いいよ！」

「よし、壁！」

短い詠唱がこんなときに役に立つとは思いもしなかった。周りの人のことや完成度の高さなど気にせず作った物見台は少しいびつだが、十分に役に立ちそうだった。

サラはハルトに続いて急いで階段を駆け上がる。

「近い！　怖い！」

大きな声で叫ばなければ、恐怖ですくんでしまいそうなほど近くまでタイリクリクガメは来ていた。

「やるよ！」

「待て！　サラ！」

ハルトがサラを止める。

「どうして！」

「今壁にぶつかったら、アレンが危険だ！」

サラの余裕のない目はタイリクリクガメの全体像しかとらえていなかったが、ハルトはしっかりとその頭を見ていたようだ。

「アレン……」

剣の身が半分見えているということは、半分しか刺さっていないのだろう。その剣の柄（つか）に両手をかけて、剣を抱くようにぐっとしがみついているアレンの姿が見えるところまでタイリクリクガメは迫っていた。

「気絶してる？」

「意識はなさそうだな。どうする、ネリー」

タイリクリクガメの前方を見ると、東側から大回りして近づいているネリーとクンツが見える。

「すげえ……」

そしてトンと跳ねると、右の前足を経由して甲羅に乗ったのが見えた。すかさず身を低くしてバランスを取る。

「ハイドレンジアで、私もああして連れていかれたな……」

ネリーにとっては二回目だからか、意外と安心して見ていられる。クンツが甲羅に身を伏せている一方で、ネリーはいきなりアレンのほうに跳ねた。

そして後ろからアレンを抱え込むようにして、剣をつかんでいるアレンの手に手を重ねる。

「あっ」

ぐっと力を入れると、剣は抜け、苦しそうに振られた首の勢いで、アレンとネリーはぽーんと後方に放り出された。と思ったら、ネリーは甲羅で体勢を立て直し、そのままタイリクリクガメの右側に消えていった。

「よし！」

声も出せないサラの代わりに、ハルトが声をあげてくれる。

だが安心している場合ではない。暴れるタイリクリクガメのスピードが少し落ちたのはよかったが、まだ甲羅の上にはクンツがいる。そのクンツはといえば、ポーチから上級ポーションを次々と取り出すと、タイリクリクガメの右目めがけて、魔法でどんどん投げていく。

「思いもしなかった！　傷を治すんだ！」

傷を治すことで、タイリクリクガメも元通りの行動に戻るかもしれないということを瞬時に思いつき、実行に移したネリーとクリスには感嘆しかない。もちろん、実行しているクンツにもだ。

向かい風の勢いでポーションの瓶はなかなか当たらないようだったが、ようやっといくつかが目に当たると、タイリクリクガメの苦しみも治まっていくようだった。

それを見極めたかのように、すぐにクンツも甲羅の右側にぽーんぽーんと跳ねて消えた。

「よし、今だ！」

「うん」

すでに用意したような大きい壁は作らない。カメの甲羅がぶつかる程度の、二階建てくらいの壁を目指す。

「どんどんいくよ」

「ああ」

サラはタイリクリクガメの左側がぶつかる位置を見定めた。

「バリア！」

「だっさ」

「早く！」

「壁！」

カメの前に、二階くらいの高さの壁が現れた。しかし、タイリクリクガメはその壁をよけようともせずぶつかっていく。壁はどうんという音を立てて崩れた。カメのスピードも進む方向も変わりないように見える。

「一つじゃ駄目！　魔力の続く限り作るしかない！　バリア！」

サラはもうその先にバリアで型を作り始めていた。

「合点承知だ！　壁！」

　どうん、どうんと壁にぶつかる音が連続で響く。サラたちはもう、作った壁の数も、効果が出ているのかさえもわからなくなっていた。ただひたすらにタイリクリクガメの後を目で追い、進路をずらすように壁を作っていく。

「次！」

「おう！」

　声の限りに叫ぶ二人のお腹に、温かい手が回った。

「もういい。もういいんだ」

「でも！」

「まだだ！」

　止められても、やらなければならない。その考えで頭がいっぱいのサラとハルトがさっき作ったはずの壁は、もう壁の形を成していないただの土の塊にすぎなかった。

　魔力には限りはなくても、体力には限りがある。

　サラとハルトのやったことは無駄だったのだろうか。

　回された手にしがみつくようにして、もう一方の手を前に伸ばす。

「バリア……」

「かべ……」

「もういい。大丈夫だ。タイリクリクガメの進路はそれた。ほら、ちゃんと壁にぶつかるぞ」

　クリスの落ち着いた声に、サラとハルトが、自分たちが最初に作った三つの壁のほうに目をやる。

「まず一つ」

どうん、という重い響きと共に、あんなに丈夫に作った壁の上半分が崩落した。

「ああ……」

「そして二つ。いいぞ、忌避薬も効いているようだな」

どうん、という響きは変わらないが、二つ目の壁は心なしか一つ目より崩れ方が小さいような気がする。

「さあ、三つ目だ」

どうん、という音と共に、壁が揺れたが、今度は崩れなかった。

ドスンドスンというタイリクリクガメの響きが、だんだんと遠ざかっていく。

その代わりに、おお、という人の声が、王都方面からどよめきのように響いてきた。

「どうやら作戦は成功したようだな」

クリスの声には安堵の響きが感じられた。

「あの位置から魔の山へ向きを変えたとしたら、王都をぎりぎりそれていく。ブラッドリーはタイリクリクガメが万が一王都に向きを変えたときのために、タイリクリクガメに付き添って走っていることだろう」

あの冷静なブラッドリーが走っている。それだけが疲れた頭の中に染み通ってきて、サラはおかしくてやっと力が抜けた。

クリスは二人を抱えたまま、そっとしゃがみこんだ。

「もう、いいんだね」

「ああ。お前たちが王都を救ったんだ」

サラもハルトもしゃがみこんだままクリスに背を預け、顔を見合わせて手を上げ、打ち合わせた。ハイタッチだ。

「イエーイ」

「イエーイ」

いつも疲れた体で、集団行動なんて望めなかったサラは、日本でだって友だちと一緒になにかを達成するなんてことはなかった。

今サラはとても疲れているけれど、これは生まれ持っただるさではなく、友だちを、王都の人を救うために必死で戦った証(あかし)だ。

「よかった。ほんとによかった」

「ああ。さすがに、もう休んでもいいよな」

ハイドレンジアのほうを振り返れば、そこにはサラとハルトが作った壁の残骸が並び、そしてアレンを背負ったネリーとクンツが、埃まみれで歩いてくるのが見える。

見上げれば空は青く、風は爽やかだ。

こうしてハイドレンジアから頼まれたサラの仕事は、ひとまず終わったのだった。

第三章　懐かしいローザへ

ブラッドリーには申し訳なかったが、サラの体力はもう限界だった。

だがネリーとクンツは、クリスにアレンを預けると、何事もなかったかのようにタイリククリクガメの後を追っていった。

「ネリーには申し訳ないけど、ブラッドリーだけじゃ心配だったから、すごくほっとしたぜ」

ハルトはありがたそうにネリーの後ろ姿を拝むように手を合わせている。ハルトと一緒にいると、普段忘れている日本のあれやこれやを思い出して懐かしいサラである。

だが、今はネリーよりもアレンだ。

疲れているサラたちのための馬車が用意されているが、それに乗り込む前に意識のないアレンの治療をしなくてはならない。

「ネフには悪いが、ポーションのかけ方が雑だな」

クリスが苦笑しているのを見て、サラは少しほっとする。手のつけようもないくらい悪いのなら、冗談でも笑みは浮かべないだろうからだ。

クリスはそっと地面にアレンを寝かせた。確かに、とにかく手持ちのポーションをありったけかけましたというように、アレンの髪も服もまだらに濡(ぬ)れている。

クリスはまずアレンの呼吸を確かめ、そのあと頭から順番に怪我(けが)の程度を確かめていく。固く握

られたこぶしをそっと開いたときは、サラは目を背けそうになった。

よほどしっかり剣を握っていたのだろう、手のひらはずるむけで真っ赤だ。クリスはそっとポーションをかけていく。

「うっ」

意識がなくても治療の痛みから逃げようとするアレンの腕を、クリスががっちりと押さえる。サラは薬師だけれども、ひどい怪我の治療に当たったことはほとんどなく、実践の知識はあまりないから、勉強になる。

「いくらポーションがあっても、やっぱり痛いんだね」

「当たり前だ。体が元に戻るのにも苦痛を伴う」

サラは、ポーションがあればなんとかなると思っているネリーに、それ見たことかと言いたい気持ちになった。ことポーションに関しては、ネリーの言うことは二度と信用しないと決める。

「肋骨（ろっこつ）も何本かひびが入っていたようだが、それだけだ。ネリーが上級ポーションを惜しげもなく使ったから、何日か寝込んでだるさは残るだろうが、すぐに元通りになるだろう」

「よかった」

今度こそサラは心の底から安堵（あんど）した。クリスはアレンを抱き上げて馬車に乗せると、あきれたように顔を左右に振った。

「タイリクリクガメの頭の上に何時間しがみついていたのかわからないが、あんな不安定な場所で振り落とされもせず少しの怪我のみで耐えたとはな。こんな丈夫な奴は見たことがない。ネフ並みだな」

ネリーと同じということは、クリスにとっては最高の評価だということだ。

「さあ、ひとまず先に城に戻り、休ませてもらおう」

さすがに疲れたサラたちは、ありがたく用意された馬車に乗り、城を目指した。

クリスはサラたちを手近な客室に送り届けると、

「報告は私がする。とにかくお前たちは何も考えずゆっくり休め」

と去っていった。昨日サラとネリーが泊まった部屋ではないが、サラはかまわなかった。今はただ体を伸ばして横になりたい。サラはベッドに寝かされているアレンが心配で手を伸ばしたが、ハルトにしっしっと追いやられた。

「心配だから私もここで寝るよ」

ローザでは隣で寝ていたから、慣れている。

「それは駄目だろ。俺がちゃんと見てるから、サラは自分の部屋に行け」

ハルトはそう言うとサラを隣の部屋へと連れていった。

「風呂には入れよ」

「歯磨きもね」

そんなたわいもない会話にほっとして、サラは重い体を引きずりながら埃(ほこり)と汗まみれの体を洗い、やっと休むことができた。

まるで布団に吸い込まれるように寝てしまったサラは、夢も見ずに寝続けたが、何やら騒がしい気配で目が覚めたときには、すでに朝の光が差していた。

「なんだろ。隣かな」

サラは目をこすりながら起き上がった。髪を乾かさないまま寝たから、頭がぼさぼさなのが自分でもわかる。疲れは取れたと思うが、ひどくだるい。

だが、サラはローザからの依頼を受けている。そうでなくても、大切な人たちがいるローザを放っておくわけにはいかない。タイリクリクガメはすでに一日先行しているから、今日中に出発し、身体強化を頑張って一日中走るしかない。

ネリーがいないのは、もしかしたら他の部屋で寝ているのかもしれないが、タイリクリクガメを追ってそのままローザに向かった可能性もある。

両手を胸の前でぐっと握って気合を入れ、ベッドから足を一歩踏み出したところで、ハルトの怒鳴り声がした。

「やめろ！　こいつは昨日、タイリクリクガメにしがみついていたところをやっと助け出されたばかりなんだぞ！　骨だって折れて怪我もしていたのを治療したばかりなんだ。どうせ動けやしない」

どうやら隣の部屋で騒がしくしていたのに、舞台が廊下に変わったことではっきり聞こえるようになったらしい。

だがその内容が不穏だ。明らかにハルトはアレンのために怒っているではないか。サラは寝間着のままだったが、急いで部屋のドアをバンと開けた。日本ならワンピースだと言い張れる格好だと自分に言い聞かせながら。

だが、そこで見たものは、騎士に両側から腕を取られて、連れていかれようとしているアレンだった。周りにも何人も騎士がいた。

「アレン！」

サラは思わずアレンに呼びかけた。アレンは昨日の格好のままだ。よれよれで埃まみれで、着ているものもあちこち擦り切れたうえポーションが渇いてごわごわになっている。顔だけはハルトが拭いてくれたようでピカピカだが、そんなよれよれのアレンが騎士隊に連れられている様子は、まるで罪人が引き立てられているようだった。

「サラ。よかった、俺、帰ってこられたんだな」

ぼんやりしていたアレンの顔つきが、サラの姿を認めてしゃっきりとする。

「けど駄目だ、そんな格好で。早く部屋に戻って着替えるんだ。おい、お前ら、サラのほうを見るなよ！」

今までおとなしかったのに、急に騎士の手を振り払ったアレンに、騎士たちの目が厳しくなる。

「抵抗するな！」

「なんだよ。そもそもこの状況はなんだ？」

どうやら今まで、アレンはほぼ意識のないまま動いていたようだった。きょろきょろと周りを見るアレンの腕を、また騎士がつかむ。

「君には、タイリクリクガメを暴走させた容疑がかかっている」

「はあ？」

アレンは腕を振り払った後、顎が外れるかというくらい驚いた顔をしている。

「俺はリアムの指示に従って、タイリクリクガメの目に攻撃しただけだぞ。それがなんでそんなことになる」

「だが、無理だと思ったらすぐに剣を抜いて離れるべきだった。君がしがみついていたことで、タイリクリクガメに痛みを与え、暴走を誘発したと考えられるとのことだ」

アレンは何か言おうとして口を開け、何も言わずに口を閉じて、きっと顔を上げた。

深く突き刺さった剣を、自在に抜いて安全にタイリクリクガメから離れるなんてことが簡単にできるわけがない。

「ふざけんな！」

叫んだのはハルトだ。

「指示に従って戦ったハンターに、どんな仕打ちだよ！　タイリクリクガメに唯一傷をつけることができた名誉あるハンターだぞ！　むしろ礼を尽くすべきだろ！　なんで犯人扱いなんだよ！」

だが、ハルトの叫びはそっけなくさえぎられた。

「私たちも仕事ですので」

そう冷たく言った騎士は、ピカピカに磨かれた剣を持ち、髪や服装はきれいに整えられている。

一方でアレンは、薄汚れていかにもなにか悪いことをしたように見える。

だが、事実はといえば、この危機下に城でぬくぬくと過ごしていた騎士と、最前線で死を覚悟して戦っていたハンターの違いということになる。

「てめえら！」

「ハルト。いい」

アレンは背筋を伸ばし、静かにハルトを止めた。

「真実はいずれわかる。一時のことだ。俺のことは気にしなくていい」

そう言うと、抵抗しないという意思を込めて、両手をだらんと下げた。

サラは知っている。今まで何度もそんなアレンの目を見てきた。

薬草の値段をごまかされたとき。

テッドに騙されて危険な夜の草原に行かされたとき。

ローザで若いハンターに妬まれて仕事ができなかったとき。

アレンは仕方がないという顔をして、終わったことは終わったことだと切り捨てて振り返らない。

そこらへんの大人よりずっと大人の対応をする。

だけど、悔しくないわけがない。親がいない、身分が高くない、それだけでどれだけの不利益を被ってきたことか。怒っても、正論を叫んでも、状況がよくなるわけじゃない。それならば、やり過ごして未来を見る。

それがアレンだ。

そしてサラは、今までそんなアレンを尊敬し、アレンの意思を尊重してきた。

だがこれは違う。理不尽すぎるだろう。

サラが体の横で握り締めた手は怒りでプルプルと震えていた。

「うっ、なんだ？」

アレンの腕を取ろうとした騎士が、一歩下がった。

サラは一歩進む。

騎士たちはまた一歩下がる。

ハルトは驚いて騎士とサラを交互に見ているが、アレンは顔をしかめて、サラのほうに向き直った。

「サラ、落ち着いて。魔力がだだ漏れだぞ」

「落ち着いてる。心配しないで」

サラの声は低い。

「それに、そんな格好じゃ駄目だ。せめて着替えてからにしようぜ」

「そんな場合じゃないの」

本当にそんな場合じゃない。アレンこそ無実の罪で引き立てられようとしているのに、サラが着ているものの心配をしている場合ではないのだ。

「ううっ。苦しい。なんだこれは」

サラが近寄るにつれ、騎士たちはまるでまぶしい光を避けるかのように、顔の前に手を伸ばして何かをさえぎるような仕草を繰り返す。

「このくらい、タイリクリクガメに向かっていくのと比べたら何にも苦しくないよね。お偉い騎士様だもの。魔力の圧くらい平気でしょ」

サラの声が廊下に低く響く。

「命令どおりタイリクリクガメの目に攻撃して、骨にひびが入っても、意識がなくなるまでしがみつき続くことより、ずっと楽だよね」

「ううっ！」

サラがアレンの横にたどり着いたときには、騎士たちは魔力の圧に負けて、廊下に両手と両膝をついてしまっていた。

「戦いもしないで、ぶざまよね」

「サラ、そのくらいにしてやれよ。俺ですらきついぞ」

「ごめん」

サラは騎士と違って、そっとアレンの腕を取った。同時に、アレンをバリアの中に入れ、魔力の圧をすっと消す。

途端に、額に汗をかいた騎士たちが立ち上がる。

「招かれ人殿。冗談が過ぎます。いたずらで済ませるには、うわっ」

手を伸ばしてきた騎士は、サラのバリアに弾(はじ)かれた。

「なんだ？　いったい何をしたんだ」

そう言いながら騎士が何か合図すると、騎士たちはいっせいにサラとアレンに跳びかかってきた。

「うっわー！」

当然、全員弾かれる。

そんな騎士たちを、サラは冷たく見下ろした。

「アレンは、渡さない」

「サラ、俺は」

「アレンは黙ってて！」

「……はい」

サラはバリアを大きく張ったまま、アレンを連れて後ろへ一歩ずつ下がっていく。サラのバリアにさえぎられて、後ろに回り込むこともできない騎士たちは悔しそうだが、ざまあみろである。

「ハルト」

「ああ」

サラは様子をうかがっていたハルトに並んだ。ハルトはバリアに出入り自由である。

「私とアレンは、これより、この客室で籠城します」

「お、おう」

ハルトはだんだん面白くなってきたようだ。ニヤリと笑って親指を上げた。

「話がわかる人が来るまで、絶対出ないから」

「了解した。俺、クリスのとこ行ってくるわ！」

サラとアレンが客室の中に入り、ぱたんとドアが閉まるまでハルトは見守ってくれた。

サラはすかさずバリアを広げ、客室全部を覆った。

「ドア、窓、浴室。この客室全部にバリアをかけて固定したから、もう誰も入ってこられないよ、アレン」

「うん」

サラの言っていることが真実だとわかっているアレンは、崩れるように座り込むとベッドに寄りかかった。それから我慢していたことを吐き出すように、大きなため息をつく。

「俺、ぐっすり寝てたんだよ。それが叩き起こされて今すぐ来いって言われてさ」

ハハッと乾いた笑い声をあげると、アレンは曲げた足の間に頭を落とした。

「なんだよ。タイリクリクガメを暴走させたって。怪我をさせたら暴れるってわかってただろうよ」

サラもアレンの隣に座って、ベッドに背中を預けた。そしてこう返事をする。

「うん」

「もともと無茶な作戦だってわかってたんだ。けど、ハンターとして初めての指名依頼はどうしても受けたかった。受けたからには全力を尽くすだろ。そうだろ」

「うん」

サラはただただ頷き続けた。

「移動するタイリクリクガメの甲羅に乗ったことのある奴は俺だけだったし、俺の真似をして甲羅に乗ることはできても、その高さとスピードにおじけづく奴がほとんどだった。ましてや頭に乗って、全力で目に剣を刺すなんて無理なんだよ。たとえ麻痺薬で動けなかったとしてもさ」

「うん」

「俺はネリーの弟子だからさ。怖いとかそういうのなしで、どうしたらできるかを冷静に考えることができる。だけど、タイリクリクガメを初めて見て、その場で冷静になれるハンターなんていないんだ。俺はハイドレンジアのダンジョンからずっと見守ってきて、慣れていたからな」

「うん」

サラは強く頷いた。

「で、結果はこれ。がっかりするよな」

アレンは肩をすくめた。

「でも、サラ。俺は大丈夫だよ。しばらく牢（ろう）に入れられたって、すべてが終われば真実はわかる。今の俺には、味方がたくさんいるからな」

「それでも」

サラはアレンの膝にそっと手を乗せた。

「私が嫌だったの。一瞬だって、アレンのことを犯罪者扱いされたくない」

アレンは膝に乗せられたサラの手に、自分の手を重ねた。

「俺は、サラがそれでつらい立場になるほうが嫌だよ。俺がちょっと我慢すれば済むことだ」

「そうやって、いつもアレンが我慢するのを尊重していたけど。今度は私は我慢なんてしないんだから」

サラはキッと隣のアレンを見上げた。

その時、ぐうっと音がして、アレンがお腹を押さえた。

「いいとこだったのに」

「何がいいとこだったの」

残念そうなアレンにサラは思わず噴き出してしまった。

「昨日から何にも食べてないんだよ。それに俺」

アレンは突然バッとサラから離れた。

「俺、風呂にも入ってない。サラ、ちょっと離れてくれ」

「いまさらだよ」

サラはにやにやしながら、収納ポーチからギルドのお弁当箱を出した。中身はサラお手製のお弁当である。

部屋にはテーブルも椅子もある。浴室も付いている。

だけど、こうして床に座って、まずご飯を食べるのが正しいような気がしたのだ。

「全部後回しにして、まずはお腹を満たそう」

「うわっ、懐かしいな、それ」

「コカトリスの煮込みだよ」

ドンドンと、部屋のドアが叩かれているが、気にしない。

「よく考えたら、これ三年前のものかも」

「収納ポーチが優秀だからって、それはどうなんだ？　でも、いただきます」

もりもりとサラのお弁当を食べるアレンの横で、サラはカップを出してヤブイチゴのジュースを作った。

「これが本当に最後のヤブイチゴのジュースだよ」

「やったぜ！」

大喜びのアレンに、弁当の追加を出しながら、サラもお弁当を食べ始め、もぐもぐしながら気合を入れた。

「お風呂もトイレもあって、私の収納ポーチには、三ヶ月分くらいの食料が入ってる。向こうからすみませんでしたって頭を下げてくるまでは、絶対に出ていかないいんだから」

「本当はすぐにでもローザに向かいたいんだけどな」

相変わらずするべきことを見失わないアレンである。

「そういえば、向かおうと思えば、このままバリアで一緒に移動できるね」

「じゃあ」

行くか？　と顔を輝かせているアレンに、サラは首を横に振った。

「少なくとも、一日は様子を見よう」

朝から大変なことがあって怒り心頭だったサラだが、ようやっと落ち着いて考えられるようになっていた。

「昨日のうちにリアムたちも帰ってきていると思うんだよ。さすがに、アレンと一緒に戦った彼らが、アレンの足を引っ張ることはないと思いたいし」

アレンを連れに来た騎士には、移動の疲れなどみじんも見えなかった。ということは、城に残った騎士隊が、責任逃れのためにアレンを拘束しようとしたと考えるのが妥当である。

「城にはクリスも、王様もいる。話がハルトから彼らのもとにちゃんと届けば、誤解は解ける」

サラは順番にアレンに説明していった。

「だったら、俺は捕まっても大丈夫だったんじゃないか？」

「だから、私が嫌だったの」

サラのやっていることは、わがままで正しくないことかもしれない。だが、サラは今回だけは絶対に譲りたくなかったのだ。

「腹いっぱいになると眠くなるな」

あくびをするアレンを、サラは浴室に押しやる。

「気持ちはわかるけど、寝る前に、さっき後回しにしたお風呂に入らないと」

「そういうとこ、ローザにいたときから変わってないよな」

アレンはニヤニヤしながら浴室に消えていった。

「さて、私も着替えるか」

お城だからといってドレスに着替えるわけでもない。むしろサラは、すぐに出発できるよう、身軽に動ける格好にした。その上から薬師のローブを羽織る。

アレンには、向こうから頭を下げてくるまでは絶対にこの部屋から出ないと言ったし、確かにポーチには三ヶ月分以上の食料も入っている。水は魔法でいつでも出せる。

けれども、タイリクリクガメが魔の山に向かっている切羽詰まった状況で、安穏と城にとどまるつもりはなかったし、今日中にサラの納得できる結果にならなければ、アレンの言うとおり出ていく予定での着替えである。

「あー、さっぱりしたぜ」

髪が半分濡れている状態で出てきたアレンは、眠いと言っていたのにいつもと変わらない格好に着替えている。基本アレンはいつでもダンジョンに行ける格好をしているし、それはつまりそのまま旅に出てもいい格好ということになる。

「髪を乾かしてあげる」

「いいのか？　久しぶりだな」

ニコニコして椅子に座ったアレンの髪を魔法で乾かしながら、こうして過ごすのはローザ以来だなと懐かしくなる。でも、椅子に座っているのに、アレンの顔と、髪を乾かすサラの顔が近いのが納得いかない。

「ほんと背が伸びたよね」

「でも俺、中くらいだぜ？　比較してサラがあんまり伸びなかっただけで」

「そうなんだけどさ」

日常の穏やかな会話を邪魔するように、部屋のドアからはいよいよドンドンという音が大きくなり、外から呼びかける声も聞こえるようになってきた。

「さて、髪も乾いたし」

「収納袋もちゃんと持ってるぜ」

サラとアレンは目を合わせてにっこりと笑った。

「そろそろ、どうなっているか、確かめてみよう」

椅子二つをドアが見える位置に置くとそこに二人並んで座った後で、サラは部屋をしっかりと覆っていたバリアを、しゅっと小さくした。

途端にドアがバンと開いた。サラはため息をつく。

「こんなに不作法ってことは、収拾がつかなかったってことだよね。ご飯を食べてお風呂に入るって、けっこうな時間が経ったんだけど」

サラは城の対応の悪さにちょっとがっかりしたが、ドアを開けた人を見てもっとがっかりした。

「サラ、騎士隊の邪魔をしないでくれ」

「リアム」

そして、少しでもリアムに期待した自分にもがっかりした。

「事情があるんだ」

「言い訳はけっこうです」

サラはリアムの言葉をさえぎって口を開いた。

「ハイドレンジアの南方騎士隊は」

アレンのことを言われるかと思ったのに、いきなり南方騎士隊の話を始めたサラにリアムの言い訳の言葉も止まった。

「きちんと王都の騎士隊にタイリクリクガメの護送を引き継いだはずです。では王都の騎士隊は」

サラは静かに問いただした。

「ローザにどう護送を引き継ぐのですか。ネリーとブラッドリーは自主的に後を追っていますが、騎士隊は？　なぜあなたは城にいるのですか」

「王都の騎士隊は一部隊がちゃんとタイリクリクガメに付いていっているはずだ。私はこの作戦全体の責任者ではなく、王都手前での討伐責任者にすぎないんだ」

リアムはそのことが苛立たしいというかのように両手を体の横に振り下ろした。

「討伐できなかったからもう仕事は終わりですか」

「サラ！」

なぜサラが怒られなければならないのだ。

「それなら私たちを城から出してください。お仕事が終わったあなたと違って、私たちはローザから依頼を受けているんです。誰に責任を押しつけるかというままごとに付き合っている暇はないの」

「ぐっ」

サラの鋭い皮肉に、ついにリアムは詰まってしまった。

サラだって、自分が人にこんな厳しいことが言えるとは思っていなかった。けれども、今回の事件はそんなサラを変えるくらい、心から嫌な出来事だったのだ。

リアムの後ろには騎士隊が何人も控えていて、サラの味方になりそうな人は見当たらない。それでもサラは止まらなかった。

「リアム。タイリクリクガメが暴れたのは、アレンのせいなの？」

「違う！」

慌てて否定したのでサラはほっとしたが、リアムはこう続けた。

「いや、アレンのせいではない、とも言えない。タイリクリクガメに傷をつけることができたのはアレンだけだった。アレンが剣を突き刺した途端、暴れ始めたのは事実だ。うっ」

サラの魔力が抑えきれずあふれ出す。

「サラ、落ち着いてくれ」

リアムは魔力の圧に顔をしかめながらサラに懇願するが、怒りが抑えきれずあふれた魔力は止めようとしても止まらない。止まらなくてもいいとさえ思うサラは、追及の手を緩めなかった。

「誰の作戦で、誰の命令でアレンが攻撃したの？」

「き、騎士隊の作戦で、私が命令した」

「それなら、責任は誰にあるの？」

「そ、それは」

リアムが何か言おうとしたが、怒りに支配されたサラの魔力はもっと膨れ上がりそうだ。だが、サラの腕をアレンがそっとつかむ。

「サラ」

「アレン」

気がそれたサラの魔力の圧はふっと静まった。

「そんなに圧を出したら、答えられないだろ。苦しいんだぞ、魔力の圧は」

「う、うん」

相変わらず大人なアレンに、サラの気持ちも一気に静まった。

膝をついて苦しそうにしていたリアムが、唇をぐっと噛んで立ち上がった。

だが言葉が出てくるまでに、少し時間がかかっている。それは内心の葛藤を表しているかのようだった。

「すまない」

やがて出た謝罪の言葉に、サラは胸を撫でおろした。このままいつまで不毛なやり取りを続けるのかと思っていたからだ。

「タイリクリクガメが暴れたのは、騎士隊の作戦がそもそも甘かったからだ。そしてそれがわかってもなお、タイリクリクガメに対する攻撃の中止を言い出せなかった私に責任がある」

「小隊長！」

内心の葛藤が吹っ切れたのか、はっきりと騎士隊と自分の責任だと言い切ったリアムに、後ろの騎士隊から制止の声がかかる。天下の騎士隊が誤りを認めてはいけないということなのだろう。

それを片手で止め、リアムは苦い声でこう言った。

「だが、私が隊長にその説明をする前に、アレンの責任を問い、捕らえる命令が出てしまった。その命令が正式に覆されるまでは、私たち騎士は、その命令に従い実行しなければならない」

確かにリアム自身は実行部隊であって、最高責任者ではないのかもしれない。だが、それでも頑張った人を一時でも犯罪者扱いにするのはどうなのか。

「必ず、必ず無罪を証明する。無罪どころか、今回の作戦唯一の功労者なんだ、本当は。それを必ず証明して解放するから、ここはひとまずおとなしく付いてきてくれないか」

「無理ですね。おとなしく付いてきてほしいどころか、疲れて眠っているアレンを部屋から引きずり出して連れていこうとしたくせに」

リアムが慌てて後ろを振り返ると、数人の騎士がバツの悪そうな顔をしている。

きっぱりと言い切るサラに、アレンが首を横に振ってみせた。

「大人の事情かもしれないけど、俺にはわかる。リアムが俺を無実だと思うからといって、勝手に逃がせば、それは命令違反になるんだ。処罰されるのは今度は騎士になるんだよ」

アレンは事情を理解したのか、穏やかな顔でサラに説明する。

「俺が行くのが一番早い」

頷いて立ち上がろうとするアレンの腕を、サラはぎゅっとつかんで止めた。一瞬緩んだ空気がまたピーンと張り詰める。

「座って、アレン」

「だけど」

「座って」

アレンはしぶしぶまた椅子に腰を下ろした。逆にサラは立ち上がる。

「リアム。甘えるのもいい加減にして」

サラの厳しい口調と言葉に、リアムは驚いたのか目を見開いた。

リアムにしては、だいぶ頑張って譲歩したと言えるだろう。だが、それでも足りないとサラは思うのだ。

「一番頑張った人が、なんであなたたちを楽にするために拘束されなくちゃいけないの？　おかしいでしょ。そのほうが話が早いとか早くないとかいう問題じゃない」

今度はサラは、怒りのままに魔力の圧が出ないように注意した。

「宰相でも、王様でも、もと騎士隊長でも、招かれ人でも、なんでもいい。自分たちができないなら、なんとかできる立場の人を利用してもいい。自分たちが楽をしようとしないで、どうにかして命令を撤回させなさい！」

サラはリアムをひたと睨(にら)みつけた。

「上の人が間違ってるってわかってたら、正すのだって部下の仕事でしょ！　言い訳してないで、さっさと行ってこい！」

年下の少女にそこまで言われたことにショックを受けたのか、プライドが傷ついたのかわからないが、リアムは真っ青になったかと思うと、じわじわと赤くなり、手をギュッと握ってわなわなと震えた。

だが、そのまま何も言わずにくるりと向きを変えると、そこにいた騎士隊にさっと合図をして、スタスタと歩き去っていった。騎士隊は見張りの二人だけを残してリアムに付いていく。

「ふう」

サラは崩れ落ちるように椅子に座り込んだ。

「昨日より疲れたよ」

「サラ！　アレン！」

その瞬間慌ただしくドアから飛び込んできたのは、ノエルだった。なんとか着替えてきたようだが、先ほどのサラのように寝ぐせがついていて、起きたばかりで慌ててやってきたのが見て取れる。ほんの数日ぶりなのに、久しぶりに会うような気がした。

思わずドアのそばにいた騎士を見ると、手を伸ばした格好のまま固まっていた。先ほどリアムを阻んだバリアが、ノエルを通したことに驚いたからに違いない。

「僕は見ていました！　麻痺薬が短時間しか効かず、慌てふためく騎士隊とハンターをよそに、アレンだけが、アレンだけが冷静にタイリクリクガメに張り付いたのです。甲羅に張り付いてから、動き出したカメの頭に飛び移り、その目に剣を突き刺したアレンは、間違いなく素晴らしいハンターです！　英雄です！」

いつも冷静でちょっとすましたところのあるノエルが、涙で顔をぐしゃぐしゃにしながら叫んだ。

「タイリクリクガメが暴れ出したときだって、剣にしがみついて離れなかった。タイリクリクガメは足を速めてしまって追いつけなかったから直接は見ていないけれど、アレンは王都のそばまでずっとしがみついていたと聞きました。それを、それを罪人として捕まえるなど！」

感情をあらわにして怒っているノエルなど初めて見て、サラはどうなだめていいかわからずおろおろしてしまう。

「僕も目撃者として証言してきます！　まず父さんのところへ行く。それから、それから……」

ノエルは袖で顔をごしごしとこすった。

「頑張った人が罪に問われるなんて、こんなことあったらダメなんだ！　行ってきます！」

ノエルは入ってきたときと同じく、風のように走り去っていった。

「ええと、あれ」

「うん。俺、ちょっと嬉しい」

対照的なヒルズ兄弟だったが、ノエルのことはかわいがっていただけに、アレンのために怒ってくれたのをとても嬉しく感じる。ノエルの一生懸命さにくすぐったそうな顔をしていたアレンだが、何か言いたそうにサラのほうを見た。見たのに目が合わないという、ちょっと不思議な感じになっている。

「サラ、その。ありがとう」

「うん。頑張った」

サラは腕を組んで胸を張った。

「アレンはさ、自分だけが我慢すればなんとかなるって、思いすぎなんだよ」

「うん。そうだな」

アレンが素直に頷いた。

「だからアレンのこと下に見て、勘違いしてなめた態度を取ってくる人たちがいるんだよ。あれ？」

自分で言っていてなんだけれど、サラはどこかで聞いたセリフだなと思う。

「それ、俺がサラに言った言葉だよ」

「ああ、そうか。どうりで記憶にあると思った」

二人ともお互いのことをそう思っていて、いつも悔しい思いをしているということがわかってなんとなく気恥ずかしい気もする。

「お茶でも飲もうか」

サラがそう言ったのは、その気持ちをごまかすためだったかもしれない。

それからアレンが気絶している間のことや、ネリーとクンツがどう助けたかなどを面白おかしく話して聞かせた。

「俺、途中から記憶が途切れ途切れでさ。ネリーが俺の手に手を重ねてくれて、剣がタイリクリクガメから外れたときものすごくほっとしたこと、それから飛び降りたとき、カメの甲羅が遠ざかっていく様子とかを断片的に覚えてるだけなんだ」

「その後のクンツの頑張りが見られなくて残念だったよね」

サラはアレンの記憶を埋めるように話していく。

動きがあったのは、二人が二杯目のお茶を飲み終わろうとしていたときである。

トントン、とドアに静かなノックの音がした。

「開けていい？」

「もう、サラに全部任せる」

アレンは諦めたような顔で、椅子の背にもたれかかった。

「どうぞ」

サラの声に、ドアを開けたのはリアムだったので、サラはものすごくうんざりした顔をしてしまったと思う。

「失礼する」

それでも先ほどとは違い、丁寧な態度だったので、サラは、

「お入りください」

と招き入れた。もちろん、サラにもアレンにも触れられないようにバリアは張ってある。

リアムは、ゴホンと咳払(せきばら)いをすると、手を後ろで組んだ。

「誤解を解きに来た」

「そうですか」

サラは冷たく返した。

「先ほどアレン殿を捕らえようと、騎士が来たと思うが」

「思うどころか、あなた自身が来ましたよね」

サラは容赦なく指摘してやった。リアムは何も言い返さず、またゴホンと咳払いした。

「その命令は取り消された。すべては報告のすれ違いによる誤解だったことが判明した」

サラは何も言わずその先を待った。リアムは後ろで組んだ手をほどくと、片足を後ろに引いてひざまずいた。

「アレン殿。指名依頼を受け、勇敢に戦ったにもかかわらず、誤解から拘束しようと騎士隊が動いたことを、心より謝罪する」

その謝罪にサラが無言だったのは、あまりに驚いたからだ。王様か宰相が一喝してくれて初めて、

この事態が解決するものだとばかり思っていたので、騎士隊が、それもリアムが、こうしてきちんと謝るとはみじんも期待していなかったのだ。

アレンは静かに立ち上がると、リアムの前に同じようにひざまずいた。

「連れていかれそうになったときは、本当に焦ったけど、俺の代わりにサラが怒ってくれたからもういいです。理不尽は、小さい頃から慣れてるんだ」

ハハッと乾いた笑いを落としたアレンである。

「落ち着かないので、立ってもらっていいですか」

困ったようなアレンの言葉に、リアムは少しためらった後で立ち上がった。

「あの状況の中で、たった一人、冷静にタイリクリクガメに立ち向かったこと。誰もかすり傷さえ負わせられなかったのに、作戦どおりに目を狙い剣を突き刺せたこと。そしてひるむことなくそのまま剣にしがみつき続け、タイリクリクガメから離れなかったこと。すべてが賞賛に値する」

リアムの言葉は、掛け値なしの心からのものだった。

だが、アレンは少し暗い顔をして首を横に振った。

「いや、俺のやったことは、賞賛されるようなことじゃないです。それが命令だったとはいえ、俺よりベテランのハンターが失敗した時点で、そもそも手を出すべきではなかったんじゃないかと思ってます」

アレンの口から出た言葉は意外なもので、リアムも驚いたのか、かすかに目を見開いた。

「初めて受けた指名依頼に浮かれて、なんとか功績を上げたかった。けど、俺たちが参加していたのは、王都やローザを守るための作戦だということを、ちゃんとわかっているべきだったんだ」

それはアレンの個人的な反省点だった。

「暴走は予想できなかったし、そのことで責任を取らされるのは違うと思ってる。けど、ハンターとしてはまだまだ未熟だと思い知りました。結局迷惑をかけたし、ネリーとクンツ、それからサラとハルトに助けてもらわなければ、俺自身死んでいたかもしれないんです」

だがアレンは、現場の指揮官としてのリアムに、ちゃんと自分の気持ちを話しておきたかったのだろう。

「まだまだ力不足でした。精進します」

アレンは誰にともなく、小さくぺこりと頭を下げた。

サラは腕を組んで、思い切り胸を張った。なんなら鼻も高くなっていたかもしれない。

立場や欲に惑わされず、常にハンターとしての自分を向上させようと努力する人、それがアレンである。この場にいる誰より、いや、この場にいない誰と比べてもなんとすがすがしいことか。

リアムはアレンに何か言おうと口を開いて、うっかり後ろのサラが目に入ってしまったのだろう。変な顔をしてうつむき、ついにブハッと噴き出してしまった。

「なぜサラがそんなに自慢げなんだ」

驚いたアレンが振り返り、嬉しそうに、そして照れくさそうに笑みを浮かべた。そしてそれをごまかすように早口になった。

「じゃあ、行くか」

「うん！」

準備はもうできている。

「行くか、とは？」

リアムが不思議そうだが、それに答えたのはアレンでもサラでもなく、少年の声だった。

「もちろん、ローザにです」

「ノエルか。お前がなぜ？」

ドアの向こうには、先ほどついていた寝ぐせなどなかったようにきちんと髪を整え、薬師のローブを羽織って移動の準備を済ませたノエルがいた。ノエルの後ろには、クリスが同じように薬師のローブを羽織って立っており、なぜかサラと同様に得意そうな顔をしたハルトも立っている。アレンと同じく、今すぐダンジョンに行けそうな服装だ。

「我らも共にローザに発つ。もっとも我らは馬車だがな」

クリスだけなら身体強化で行けるのだが、ノエルのことを考えて一緒に行くのだろう。

「兄さんも騎士隊長に対して、拘束の命令を取り消すよう粘っていたようですが、僕も頑張りました。おもに父さんに圧力をかけただけですけど」

「俺は陛下にな」

ノエルとハルトが似た者同士に思えてくる。何も言わないが、きっとクリスも同じように働きかけてくれたのだろう。

「では、急ぎましょう。タイリクリクガメもネリーももうだいぶ先に行っていると思うから」

サラは宣言し、アレンと共に一歩踏み出した。

そしてドアを出る前に、リアムをまっすぐに見上げた。

「見直しました。かっこよかったです」

「くっ」

サラの口からそんな言葉が出てくるとは思わなかったのだろう。リアムは何を言われたのかわからないという顔をし、最後に赤くなった。そうして、

「武運を祈る」

それだけ言って立ち去ってしまった。


サラとアレン、それにハルトは、クリスたちの乗った馬車に一緒に乗せてもらい、王都の北に出た。よほどの非常事態でない限り、人の多い町中を身体強化で走り抜けるわけにはいかないからだ。

「すぐに追いつきますからね！」

「ネフに事情を伝えておいてくれ」

手を振るノエルと、ネリーのことしか考えていないクリスに見送られながら、三人は軽快に走り出した。ローザからの旅では西のカメリアに移動したので、王都からローザに向かうこの街道は初めて通る。タイリクリクガメを警戒したのか、街道を通る人も馬車もほとんどいない。

ハルトはアレンとは、ローザでパーティを組んでいたことがあるから、むしろサラよりも気安い関係である。楽しく話をしたりサラのおいしい料理を食べたりしながら順調に走り続け、次の日に

はタイリクリクガメを目視できるところまでたどり着いた。

　タイリクリクガメは街道から見て東側を進んでいる。街道にはタイリクリクガメと並走するように、騎士の姿が数人と、馬車が一台見えるのみだ。

「よく見ると、騎士の中にネリーが交じってる」

　騎士より背は低いが、結い上げたきれいな赤い髪が尻尾のようにゆらゆらと揺れているからすぐにわかる。

　ブラッドリーが見当たらないが、馬車の中だろうか。

「ブラッドリーはたぶん、先行してローザに向かっていると思うよ」

　ハルトがサラの疑問に答えてくれた。

「騎士隊からも伝令は出ていると思うけど、あいつらが正確に伝えるかどうかはわからないし、ブラッドリーが詳しく伝えたほうが早い。それにさ」

　ハルトはサラを親指で指さしてから自分にも向けた。

「俺たちがやった、素早く壁を作る方法も早く伝えたいんだと思う。ローザは自主的にやっているはずだけど、あそこはそもそも町の住民の数が多くないから、人手が足りないんだ」

　ローザの町には高い外壁があるから、その中に住める人数は限られている。だからたいていのものは町の外から運んでくるし、その分物価も高い。

「ブラッドリーはすぐに魔の山に行ったから、ローザにそんなに思い入れがあるようには思えないんだけど」

失礼かと思いつつも、サラはハルトに思わず聞いていた。

「そうでもない。結局魔の山に居続けるためには、ローザがちゃんと機能してないと駄目だろ」

「そうだね」

「それに、ローザのハンターギルドの居心地の良さは半端ないぞ」

「わかる」

最初こそ冷たいような気がしたが、サラもアレンもハンターギルドには本当に世話になったものだ。

そんな話をしているといつの間にかすぐ前にタイリクリクガメと並走している騎士たちがいたので、サラはネリーに大きな声で呼びかけた。

「ネリー！」

ネリーの結った髪が驚きでぴょこりと跳ねた。一緒に走っていた騎士たちが一瞬にして剣の柄(つか)に手をかけたのが見える。

「サラ？」

立ち止まらずに振り返ると、ネリーは三人を一瞬で見て取ったようだ。

「アレン！　もう大丈夫なのか！」

アレンがまるで何事もなかったかのように走っているのを見て、ほっとした顔をしている。そのネリーの顔を見て騎士は剣にかけた手を離した。ネリーとはそれなりに信頼関係を築いているようでサラも安心する。

「ぜんぜん平気だ。ネリー。助けてくれて本当にありがとう」

走りながら何をやっているのかという感じだが、お互いにこの丸一日の報告をしあう。もちろん、騎士隊がやらかしたことなど、細かいことは後回しだ。

「さて、ブラッドリーは先に行ったが、皆はどうする？　私はローザに着くまでは休憩しながらだが、こいつと並走するつもりだが」

「俺とサラは先に行く。俺たちなら効率的に壁を作れるからな」

サラが何も言わないうちにハルトが宣言してしまう。もちろん、サラもそのつもりだったが、なんだかちょっと悔しい。

「俺はこいつを見張るほうが役に立てると思う。それから、あとからクリスとノエルが馬車で来てるからな」

さっさと分担を決めてしまったハルトとアレンを、騎士たちが困惑しながら様子をうかがっているが、説明は残るアレンに任せればいい。

ネリーと離れがたくはあったが、やるべきことが先だ。サラはネリーに手を振るとハルトと一緒に先を急いだ。

先を急ぎながらも、夜はちゃんと休む。お互いテントを張っても、一緒に旅をすることに慣れていない二人は最初の一日こそどこかぎくしゃくしていたが、結局は疲れを取って先に進むことが最優先である。懐かしい日本の話をしたり、ハルトが最初この世界に招かれたときのことを聞いたりしているうちに、ローザまでの道のりの半分はあっという間に過ぎていた。

「俺ならあと二日、いや、三日くらいか。そこまで急ぐ必要はないからな」

よく考えてみると、王都へのタイリクリクガメの進路を、数時間で変えてしまった二人である。

さらに言えば、最初の三つの壁もだいたい一日で作ってしまったのだ。一日あれば十分ともいえる。

「実態を知っているブラッドリーもいるし、疲れない程度に行こうぜ」

その疲れない程度のスピードが馬車の二倍以上あるのが、身体強化できる人のすごさである。

「あれ？　なにかハンターみたいな人がいるよ？」

サラは街道沿いに人がいるのを見つけて声をあげた。そもそもタイリクリクガメのせいで街道にはほとんど人がいないか、いたとしても、前にいる人のように立ち止まって王都方面を見つめていたりはしない。

二人は走るスピードを緩め立ち止まると、気軽にその人に声をかけようとしたが、先に声をかけてきたのはその人のほうだった。

「君、ギルドの売店でお弁当を温めていた子だよね」

しかもサラにである。割と若い人で、そう言われてみるとサラの記憶にうっすらと引っかかる。

「ローザのハンターの方ですか？」

「そう。覚えていてくれたんだ」

嬉しそうなハンターにサラは言い訳のように付け加えた。

「なんとなくですけど。それで、ここでいったい何を？」

これが本題である。

「ああ、君たち、王都方面から来たのなら見たかい？　タイリクリクガメをさ」

「もちろんだ。俺たちは伝令みたいなものなんだよ」

よく考えたらハルトの言うとおりである。

「俺もそうなんだ。俺みたいにハンターとしてはそこそこだけど足が速い奴は、見張りと伝令を受け持ってる。タイリクリクガメが見えたら、次の伝令のところまで走る。で、その伝令が次の伝令に……って仕組みだよ」

「わあ、考えたのヴィンスでしょ」

「そのとおり」

身体強化がそれほど得意でなくても、短距離なら全力で移動できるという特性を生かした配置だ。さすがである。

「ハンターギルドだけじゃなくて、魔法が使える者は壁を作る担当だし、ベテランのハンターは東の草原から魔の山を警戒してる。ローザ総出で対策をしてるからさ。少しでも役に立たないと」

そのハンターは目を輝かせてタイリクリクガメの話を聞きたがったが、サラたちも先を急ぐ身なので、残念ながら直接見るのを待ってもらうしかない。

サラは思わず収納ポーチからサラ手製のお弁当を出して手渡していた。

「これでも食べて、頑張って。たぶんあと三日くらいでタイリクリクガメが見えると思う」

「まだそんなかっていう気持ちと、もうそのくらいかって気持ちだ。温かい弁当ありがとな」

そうして途中の伝令のハンターに順番に会うのを楽しみにしていたら、いつの間にかローザが目前に迫っていた。

ローザの高い壁は遠くからも目立つのだが、今は新しい壁がその前に斜めに立ち並んでいて、まるで何かの名所みたいにも見える。

「王都と一緒だ」

しかも、基礎だけだった王都と比べると、ほぼ完成品である。ほぼというのは、まだ工事中らしく、壁の周りに人がたくさんうろうろしているのが見えるからだ。

「王都の壁は、ブラッドリーがここをもとにして考えたんだ。一緒で当たり前だよ」

サラは後ろを振り返った。サラが見たときは、タイリクリクガメは街道の東側を進んでいたが、順調に魔の山まで直進するとなると、やはりローザをかすることになるのだろう。

またローザのほうを向くと、屋台村は変わっておらず、壁の工事の人相手に営業しているようだ。

「壁の外にテントを張っていた人たちはどうなったかな」

気になりながらも歩いて進むと、最初に会った伝令の人のように、サラやハルトを見つけて声をかけてくれる人もいて、不思議な気持ちになる。

「おーい！　ハルト！　サラも来てくれたか！　アレンはどうなった！」

ローザのほうからブラッドリーの声が響いた。あまり大きな声を出す印象のない人なので、ハルトを待ちわびていたのだろう。一人でタイリクリクガメ用の壁を管理するのは大変だとサラも思う。

「アレンは回復して、ネリーと一緒にタイリクリクガメと並走してるよ！」

ハルトは返事をしながらたたっと走り出した。サラは懐かしい気持ちで屋台が立ち並んでいるのを眺めながら、ゆっくりと歩く。アレンとよくパンやスープを買ったものだ。

「よう、サラ。久しぶりだな」

そんなサラに懐かしい声がかかった。

「ヴィンス！」

振り向くと、ブラッドリーとハルトの横に、相変わらずどこか砕けた感じのヴィンスが立っている。

「おい、ずいぶんきれいになっちまって。ローザにいたときはこーんなにちびっこだったのに」

ヴィンスが手のひらで示したのはどう見ても五歳くらいの背の高さだった。

「そんなちびっこにギルドの店番をやらせたんですかね、ヴィンスは」

「参ったなこりゃ」

親戚の姪(めい)っ子が育って喜ぶおじさんのように顔を崩しているヴィンスの存在が、涙が出そうになるほどありがたいサラだったが、今はそんな場合ではない。

「ネリーとアレンも後から来ますが、騎士隊は引き継ぎのための数人だけです。なんとかなりそうですか」

「招かれ人が三人いたら、王都でもなんとかなったんだろう？」

「それはそうでした。できるだけのことはします」

ローザが心配だからやってきたが、サラたちがいればよほどのことがない限りなんとかなる。

「とはいえ、サラたち招かれ人のおかげで、王都でタイリクリクガメの進路は修正されたらしいじゃねえか。最悪の事態は免れたと言えるな。それに、ほら」

ヴィンスが得意そうに屋台村に顎をしゃくった。

「案外、屋台に土魔法の職人がいてさ。使い捨てのカップとか、その場で作ってたらしいぞ」

「王都から持ってきたんじゃなかったんですね」

「ああ。その人らががんがんブロックを作って積み上げてってくれたんだよ。なんやかんやで、俺たちには二週間以上時間があったからな。出来上がった壁をブラッドリーが強化してくれて、だいたい準備は整った」

サラは安心して肩の力が抜けた気がした。

ブラッドリーが隣でやるべきことを補足してくれる。

「念のため、タイリクリクガメが目視できるところまで来たら、進路のずれを調整して、もういくつか壁を作ろうと思うが、どうだろうか」

「あらかじめ物見台を作っておけばだいぶ楽だと思う」

ハルトが具体的な提案をして頷いているが、サラはひとつ気になることがあった。

「あの、クンツはどうなりました？」

ネリーとは一緒ではなかったし、てっきりブラッドリーと一緒にいると思っていた。

「ああ、あいつな」

答えてくれたのはヴィンスで、なぜか半笑いである。

「クリスから忌避薬を預かってきたと言って、生真面目に渡してくれてな。こんなに速いペースで走ったことはなかったってヘロヘロしていたところを、ジェイにさらわれていった」

「さらわれた？」

何やら不穏な言葉だが、ヴィンスの声には笑いが混じっていたから大丈夫だろう。

「ハンターとしての素質は普通なのに頑張ってるのが面白いって言われてたな。せっかくローザに来たんだから、ついでに俺が鍛えてやるってさ」

半笑いからついに噴き出してしまったヴィンスである。

「ギルド長は今、ハンターギルドですか？」

「いいや」

ヴィンスは笑いをこらえながら首を横に振った。

「ジェイは今、ベテランのハンターを連れて魔の山の入り口を見張りに行ってる。その、クンツって若い奴も一緒だ」

サラはハイドレンジアの町中にヘルハウンドが出たことを思い出した。

「魔の山の出入り口が緩んでいる感じですか」

「さすがサラ、話が早いな。ハガネアルマジロとか高山オオカミとかがちょこちょこ出てきやがるんだよ。ローザまでは距離があるから、今のところ被害は出ていないが、どうせハンターがいてもタイリクリクガメには対抗できないんでな。そっちの警戒に当たってもらってる」

「クンツ、ヘルハウンドもまだ一人では倒せないって言ってたけど、大丈夫かなあ」

サラは思わず東の平原のほうに背伸びした。ツノウサギもまだたくさんいるのだろうか。

「魔法師はヘルハウンドを一人では倒せないのが普通だよ。お前らは要求するものが高すぎんだよ、まったく」

あきれたように言われても、サラはネリーに育てられたので、普通がよくわからないのだ。だがヴィンスはサラの不安を汲み取ってくれていた。

「東の草原にツノウサギはまだ多いが、テッドのおかげでやっと魔の山までの街道が整備されたからな。街道の結界がなくてお使いがつらいなんてことはないぞ」

その言葉でアレンが巻き込まれた騎士隊へのお使い事件を思い出したサラだが、その事件を起こした犯人こそがテッドである。サラは、そのテッドが街道の結界を整備したと聞いて驚きで目を見開いてしまった。

「テッドがですか？」

ヴィンスは肩をすくめる。

「びっくりするよな。お前たちと一緒に旅に出てから、なんか思うことがあったんだろうな。態度が悪いのは変わらないが、去年戻ってきてから、町長の補佐としてずいぶんまともなことをやってるぞ」

「町長の補佐。薬師じゃなくて？」

確かにテッドは町長の息子だが、なにより薬師の仕事をしたいのだと思っていたから、サラには意外に思える話である。

「薬師もしているが、町長の補佐もしてるってとこだ。今の薬師ギルド長は、お前がいたときに副ギルド長だった奴だよ」

確かに、最後に王都でテッドに会ったときはずいぶんまともになっていたような気がする。態度は相変わらず悪かったけれども。

「町長も息子には甘いからな。俺たちがいくら言ってものらりくらりとやらなかったことを、テッドが言えばホイホイと許可を出す。そんで息子の手柄として吹聴してさあ。思うところがないわけじゃないが、結果がすべてだからな」

実利を取るのがヴィンスである。誰の影響でも街道が整備されれば問題ないのだろう。

「私も、経緯はともかく、街道が安全になったのならそれでいいです。ところで」

サラは先ほどから気になっていたことを聞いてみることにした。

「あの、私たちが泊まっていたテントのあたりとか、ここらあたりの屋台村とか、危険じゃないですか？」

「ああ、それな」

ヴィンスはたいしたことはないというように手を振った。

「移転の要請はしてる。というか、町の外の北西側に避難するように告知はしてある。が、壁の工事中は稼ぎ時だからって、ギリギリまで粘るんだそうだ」

商売人はたくましい。

「北西のところ」

サラのテントとは正反対の方角だったから、薬草採取でも行ったことはない。

「タイリクリクガメが第三や下手すりゃ第二の壁まで壊すとすると、そもそも町の結界が効かないからな。北西のところに数ヶ所、特別に結界を張る場所を作ってるんだよ。町の外の営業もテント暮らしも、公式には認められていないから、これはハンターギルドがやってる。そもそもダンジョンがあるから屋台も出るんだしな」

でも、そのおかげで町も潤っているんですよねとサラは言いそうになる。

「さて、サラ」

ヴィンスはなぜかニヤニヤしている。

「その町長宅から、招かれ人が来たらぜひ我が家に滞在をと言われてるけど、どうする？」

「ひえっ」

サラは思わずのけぞってしまった。

「ひえって、お前、育ったのは外側だけか？　面倒ごとは避けたいっていう、中身は変わんねえな」

ニヤニヤから大笑いに変わったヴィンスの失礼な言い分はとりあえず放っておいて、サラはブラッドリーに助けを求めることにした。

「ブラッドリー！」

「ああ、私は気にせず町長宅に滞在しているし、町長のコンラッドや息子のセオドアともそれなりに社交的に会話もしているが」

「嘘(うそ)でしょ？　テッドと社交的な会話？」

あの常に仏頂面で態度の悪いテッドが社交的なんて、めまいがしそうである。そしてサラはテッドよりも何よりも、そのテッドを育てた父親と母親と一緒の家で過ごすということに抵抗がある。

だがブラッドリーが助けにならないなら仕方がない。サラは自分で行く先を決めることにした。

「私はギルドの宿で十分です。町長の家なんてとんでもない」

「そうだろうなあ。だがそれも町長には許せないだろうな。招かれ人をもてなさなかったと言われたくはないだろうよ。妥協してどっか高級宿にしろや」

その招かれ人がローザに入れないようにしたのがお宅の息子ですよと言いたくなるが、ヴィンスに言っても仕方がないので我慢する。

「それなら、まあ」

「ネリーとアレンが来るまで俺が一緒に泊まってやるからさ」

「助かる！」

ハルトの一言で、今夜の行く先がやっと決まった。

「その場合でも、夕食には招かれてるぞ」

「ええっ」

「ハハハ。夕食は俺も一緒だから」

なぜかヴィンスが付き添いで来てくれるらしいが、タイリクリクガメの依頼を受けて意気揚々とやってきた結果がテッドのお宅訪問ということになり、サラは思わず力が抜けてしまった。

しかし、それは違うと軽く頭を振って思い直した。

確かにローザにいたときのテッドは最低だった。だが、そこからカメリアに行く途中も行った後も、王都で再会したときも、ぶっきらぼうなだけで何もひどいことはしていない。むしろ普通に旅の仲間だと思っていたではないか。

ローザという町に触発されて、余計なことを考えるのはやめようとサラは思い、自分に言い聞かせた。

「招かれ人が現地の偉い人に招かれるのは、税金みたいなものと思わないとね」

それからすぐに第二層の宿に案内され、ネリーのいない一人部屋でゆっくりとお風呂に入り、着替えたらもう町長宅に行く時間だった。ライが、少し格式ばったときのためにと用意してくれたドレスに着替えて、ヴィンスの訪れを待つ。

やがて部屋のドアが叩かれ、サラがドアを開けると、いつもより少しきちんとした格好で髪を後ろになでつけたヴィンスがいた。隣にはハルトもいる。

「迎えに来たぜ、サラ。昼も思ったが、本当にきれいになったなあ」

サラは素直に賞賛を受け止めると、にっこりと笑った。

「では、町長宅へ向かいますか」

第二から、第一へ。サラは一度も来たことがないが、第一層を取り囲んでいる他より少し低めの壁についている門をくぐると、そこは小さな貴族街だった。

「うわ、立派なお屋敷」

ハイドレンジアのライのお屋敷のほうがずっと大きいし、王都の貴族街のほうが立派ではある。でも、ローザは土地が狭くて一軒一軒のお屋敷が小さい分、建物だけでなく庭や塀、門などがとても凝った造りをしている。

「私の知ってるローザと全然違う」

どこを見ても小さい家や安っぽい建築はなく、ぽつぽつと歩いている人も、王都の貴族街にいるかと思うほど上品だった。

「ローザにいても、ここに住んでいたら、貧しい人がいるなんて信じられないかもしれない」

「そうだな。ローザほど格差のある町もないかもしれねえな」

ヴィンスが面倒くさそうに答える。

「さ、そこの一番立派な屋敷がそうだ。宿まで馬車で迎えに来るとか言うから、断るのが大変だったぜ」

ヴィンスの指し示した屋敷は、ひときわ豪華だった。門は門番がいて、庭には噴水がある。そして大きなドアを叩いて中に案内されると、一家総出で迎えてくれた。

ブラッドリーが家族のような顔をして一緒に待っているのがおかしかったが、テッドの顔を見てほっとするとは思いもしなかった。そして思い切り噴き出しそうになったのをこらえるために、変な声が出そうになる。

「テッドが、微笑(ほほえ)んでる。目は死んでるけど」

思わず小さい声がこぼれ出ると、ヴィンスに肘でつつかれた。

「言ってやるな。本人も最高に不本意だと思うぜ」

テッドとお母さんらしき美しいご婦人に挟まれた渋いおじさまが町長なのだろう。まるで映画俳優のようなかっこよさだ。

「やあやあ、初めてお目にかかります。うら若き招かれ人よ。なんと美しいことか」

町長は大仰に両手を広げて歓迎の意を表した。

「町長のコンラッドと申します。息子のセオドアとは懇意だとうかがっておりますよ」

「サラと申します。王都ではお世話になりました」

懇意でもなんでもないのだが、一応話を合わせておく大人対応なサラである。

「ハルトもよく来てくれた。ヴィンスも、うちに来るのは本当に久しぶりだね」

「このところギルドでしょっちゅう顔は合わせてるじゃないですか」

ハルトはすでに何度も食事に来ているから気安いのだろうし、どうやらヴィンスともお互いによく知っている間柄のようである。

「さ、テッド」

「はい。サラ、こちらへ」

優しくて気弱そうなお母さんとも挨拶を交わすと、どうやら食事の場所へはテッドが案内してくれるようだ。

テッドは口元に微笑みを浮かべながら、久しぶりやらなにやら言う前に、こう釘(くぎ)を刺してくる。

「余計なことは言うなよ。それから婚約やなにかの話が出るかもしれないが、俺の意思じゃない。流してしまってくれ」

「まあ、余計なことも何も、特に言うことはないけどどね？　縁談はどこから来てもすべて断ってるし、問題ないよ」

「それならいい」

そのぶっきらぼうな口調はテッドらしくて、サラはかえってほっとしたくらいだ。

緊張するかと思ったが、ライの屋敷で暮らしている間に、自然と貴族の食事に慣れていたようで、サラは食事そのものにも会話にも戸惑うことはなかった。もちろん、ブラッドリーやハルト、それにヴィンスがいてくれたことも大きい。

おもに話しているのは町長とヴィンスだが、ヴィンスはサラが町の様子をわかるように話を誘導してくれたので、町の人に対するタイリクリクガメの対策がどうなっているかなども詳しく知ることができた。

「万が一結界が切れた場合でも、この第一層まで入ってこられる魔物はおりませんのでな。いざタイリクリクガメが来たときには、町人すべてを第一層に避難させようとテッドが言い出したときは驚きましたが、次期町長としての自覚が出てきたのかと思うとこれはこれで」

魔の山までの街道の整備を提案しただけでなく、そんなことまで考えていたことを知り、サラの中のテッドの株がだいぶ上がったのは確かだ。

その後も和やかに話は続き、ついにお開きの時間になった。

「私がサラを送っていきます」

テッドがサラを宿まで送ってくれるという。

ハルトもヴィンスもいるから大丈夫と言おうとしたが、なにか話したそうなテッドの表情を見て、素直に頷いた。

屋敷の門を出てすぐに、サラはテッドにお礼を言った。

「魔の山までの街道を整備するよう提案してくれたって。ありがとね」

「お前に礼を言われることじゃない」

このぶっきらぼうな感じこそテッドである。テッドはサラと並んでゆっくりと歩きながら、さっきの町長のように両手を広げた。

「見ろよ、ここを。まるで箱庭だろう。王都に出てクリス様に出会うまでは、ここが俺の世界のすべてだった。整えられた豪華な街並みに、狭い空、閉ざされた人間関係。いつも父さんの言うことに素直に頷いて従う、人形のような存在だったんだ、俺は」

テッドが自分のことを語るなど、とても珍しい。

「あの門の向こうにいる町民なんてゴミのようなものだ。二層、三層の奴らは、第一層の俺たちを豊かにするための道具にすぎないと、そう聞かされて育ってきた」

ローザの町長と実際会ってみて、サラはそのことがよく理解できた。もしサラが、招かれ人ではなかったとしたら、たとえローザに一生住んでいたとしても、町長とは会うことはなかっただろう。

「それをそのまま信じ、王都に行ってもクリス様と薬草以外目に入れず、凝り固まった考えのまま大人になったのは俺自身だし、誰のせいでもない。そのせいでお前にも、アレンにもずいぶん迷惑をかけたが」

「それはもう終わったことだって、アレンなら言うと思うよ」

謝罪と言えるのかどうか、だが、迷惑をかけたということを素直に口にできるテッドのことは、サラは嫌いではなかった。

「どうせ金は余ってる。父さんはローザを俺に任せたら、いずれ王都に行くつもりで、無駄に金をばらまいてるくらいだからな」

急にお金の話になって戸惑うサラだが、続く言葉を聞いて納得した。

「だから、街道を整えるくらいの金ならあるんだ」

「あー、ゴホンゴホン」

ちょっと離れて歩いていたヴィンスがわざとらしく咳払いをする。

「俺もここにいるんでね。あまり余計なことは言わないほうがいい。金があるのに出し渋っていた町長の話とか、聞かされたくねえわ」

「聞かなかったことにすればいいだろ」

テッドはぶっきらぼうに答えた。

「招かれ人だって、いつまでも魔の山にいるわけじゃない。いずれローザのハンターだけで管理人を回していかなければならないんだ。街道が整備されていないせいで、こないだみたいに騎士隊が怪我をして、ローザの責任を問われるのも癪(しゃく)だしな」

「おお、ちゃんと考えてるなあ」

「うっせ」

どんどん地が出てきたテッドである。

「テッドは、薬師の仕事はもう辞めちゃうの?」

次期町長としての話しかしないテッドは、テッドではない気がする。

「まさか。俺はローザにいてもクリス様の助けになるような仕事をするんだ」

急に口調が変わったので驚くが、ここにきてのクリス様推しである。

「今はハイドレンジアでしか生産できない竜の忌避薬。あれをローザでも作れるようにするのが俺の目標なんだ」

「すごいね。助かると思うよ」

サラは隣でうんうんと頷く。そんな話をしていたらあっという間に今日の宿に戻ってきていた。

「お前のことだから大丈夫だとは思うが」

テッドが喉に何かつかえたようにゴホンと咳をする。

「思うが?」

「思うが、その。無茶はするなよ」

よ、のあたりでもう後ろを向いて歩き出していたが、確かにサラは聞いた。

「無茶をするな、だってさ」

テッドが言いそうもないことにサラはニヤニヤしてしまうが、ヴィンスもニヤニヤしている。

「いやあ、甘酸っぱいというか何というか」

「いや、まったく甘酸っぱい要素はないですよね」

サラはピシッと言ってやる。

「俺にもわからなかった。どこらへんが甘酸っぱいんだ？」

ハルトが空気を読まないことが嬉しい日が来るとは思わなかった。

「ハハハ。楽しいなあ、お前らがいると。ハハハ」

ヴィンスは朗らかに帰っていったが、サラも今日の招かれ人任務が終わって、心からほっとしたのだった。

エピローグ

いつでも、どこにでも

次の日からは、急いで壁を作っては壊す訓練をしたり、ハルトと一緒に東の草原で、相変わらず増えすぎたツノウサギ狩りをしたりした。狩りの苦手なサラは、ハルトの見学に行っただけなのだが、草原にちんまりと座っているサラは狩りやすい獲物に見えたようで、何もせずともサラの周りにはバリアに衝突したツノウサギが山盛りになったというわけである。

ハイドレンジアや王都での怒涛（どとう）の日々に比べると、まるでタイリクリクガメのことなどないような気がするほど平穏だったが、そんなわけはなく、知らせはふいにやってきた。

「タイリクリクガメ！　明日の昼前にはローザに到達しそうです！」

伝令の言葉に、ローザには一気に緊張が走った。

「よし、朝日と共に屋台村とテント泊の奴らは移動だ」

ローザでハンターをしている者は、どんなに新人でも基本的には収納ポーチを持っているので、荷物が軽く移動は早い。それは町の人も同じことで、収納箱や収納袋にあらかじめ家財を詰め込んで、第二層、三層の東側の住民は第一層の中に、第三層の町の外側の住民は、西側の壁の外側に移動だ。

粛々と移動が進み、準備が終わったところで、関係者は第三層の門の上に集まっている。

もっとも、それを眺めているサラは、新しく作った物見台の上にいて、ハルトとブラッドリーと、

それからなぜかヴィンスも一緒にタイリクリクガメを待っているところだ。

「作戦を立てた俺がここにいなくてどうするよ」

ふんぞり返っているが、ヴィンスはそもそもが優秀な魔法師なので、ここにいても大丈夫だろう。

「見えた！　タイリクリクガメだ」

目のいいハルトが王都方面に目を凝らす。

「やっぱり若いもんは目がいいねえ。俺なんてさっぱりだよ。おい、待て」

ヴィンスが両手で手すりをがっちりとつかんだ。

サラにも見えるようになってきたその姿と共に、ドスンドスンという振動も強くなっていく。

「嘘（うそ）だろ。あんなでっかいもの、こんな壁くらいじゃ、防げないだろ」

手すりから乗り出して食い入るようにタイリクリクガメを眺めているヴィンスの弱気な言葉に、ブラッドリーがかすかに頷（うなず）いた。

「私も、王都で最初見たときに同じように思った。だがそう思ったのは私だけで、ハルトもサラも、一瞬も迷わずに新しい壁を作りに走り出した」

確かに、王都で初めてタイリクリクガメを目の当たりにしたブラッドリーは、多少混乱して慌てていたような気はする。だが、あの時のサラは何も考えておらず、勝手に体が動いたにすぎない。

「そんな経験をしている私だからわかる。王都でもやり遂げられたのだから、事前に準備していたローザは、この壁だけでもなんとかなるはずだ。だが、本当になんとかなるのか、タイリクリクガメの進路を計算して、どうするか指示を出すのはヴィンス、あなたの役割だ」

ヴィンスは白くなるほどきつく手すりを握り締めていた手を開くと、体の横にだらんとたらし、コキコキと肩を鳴らした。

「おっと、ローザのハンターギルドの副ギルド長の俺としたことが、まいったな」

そうして力の抜けたヴィンスは、いつものちょっとゆるくて不敵な笑みを浮かべた。

「方角は、予想どおり。このまま進めば、一番目の壁に直撃し、二番目、三番目で、確実にローザから進路がそれるはず」

王都での様子からいって、確かにそうなりそうだとサラも思う。

「だから、ハルト、サラ。あんたらは、中央門の上に立って、どうしようもなかったときの、最後の壁になってくれないか」

だが、今度の役割は、三つの壁が役に立たなかったときの最後の砦だ。

王都の時は、三つの壁にたどり着く前になんとか方向を変えなければならなかった。

「よっしゃ、さっそく訓練が生きそうだぜ」

「うん。行こう！」

ハルトとサラは、物見台から滑り降りると、そのまま中央門に走っていく。

「めんどくせえな。サラ、行くぞ」

「え？　ぎゃあ！」

ハルトはサラの腰を抱えると、一気に中央門の上に跳ねた。ネリーにやられたのと合わせて今回で二回目になる。

「階段でも間に合うでしょうが！」

「ごめん、でもあれを見ろ」

サラにしては大きな声で怒ったと思うが、ハルトは気にも留めずもう別のほうを見ていた。

「あれって、タイリクリクガメでしょっ。ええ、あれなに？」

サラは驚きと恐怖で一瞬体がこわばったが、すぐに気が抜けて肩を落とす。

「あいつら、手を振ってるけど」

「ソウダネ。ええい！」

サラも思い切り手を振り返した。気がついてもらえたのが嬉しかったのか、タイリクリクガメの上に立っているネリーとアレンの手の振りも大きくなった。

「確かに、二人とも何度かタイリクリクガメの甲羅には乗ったことがあるのは知ってる。というか、私もハイドレンジアで一回乗ったことがあるけどさ」

「乗ったことがあるのか！　すげえな」

「前足を経由して二段階で跳ねるんだよ」

ハルトの尊敬の目が今は嬉しくない。

「並んで走っているうちに、タイリクリクガメに乗れば楽じゃないかって、気がついちゃったんだろうな、きっと」

「そうだな」

壁が崩れ去るかもしれないという脅威に厳重な警戒態勢に入っていたローザだったが、その警戒の最前線である中央門の上には、なんとも言えない微妙な空気が漂っていた。

「だからってあのまま壁にぶつかるのは……って、飛び降りやがった！　気軽すぎるだろ！」

「そうだよ、ネリーたちに気を取られてたけど、壁を作る準備を始めないと」

サラは、最後の壁のすぐ手前にもう一枚壁を作るイメージを練る。

ドウン。

「一枚目！」

バラバラと壁の上半分が崩れ飛ぶ。

ドウン。

「二枚目だ！」

一枚目の壁で少し勢いの落ちたタイリクリクガメだが、それでも二枚目も半壊した。

「そして三枚目」

ドン。

今までより鈍い音が響き、壁が大きく揺れたが、形はそのまま残っている。

「コースは！」

「それた！　それてるよ！」

タイリクリクガメは、ローザの町には一瞥もくれず、第三層の壁すれすれを通って東の草原のほうに抜けていった。

「終わったの？」

今回は何もせずに済んだサラは、ほっと胸を撫でおろした。

「いいや。もう少しだ。魔の山に入るまでは、見守らないとな」

「ネリー！」

先ほどまでタイリクリクガメの上にいたネリーとアレンが、当たり前のようにサラの隣にいた。タイリクリクガメに気を取られている隙に上がってきたに違いない。

「サラ！」

呼び声に下を向くと、馬車からノエルが転がるように降りてきていた。その後にゆっくりとクリスが続く。

「クリス様！」

こちらから叫んでいるのはテッドである。

「再会の挨拶は後にしてくれ！　コースはそれたが、ギリギリだ！　後を追うぞ！」

物見台から降りてきたヴィンスが大きく叫び、タイリクリクガメの後を追う。

「それじゃあ、もう少し頑張るか」

まったく疲れた様子がないネリーは、大きく伸びをしたと思ったらサラの腰に手を回した。

「まさか」

「そーれっ」

どうして誰も彼もサラを運びたがるのか。別に階段を駆け上がったり駆け下りたりしてもたいして時間は変わらないと思うのだ。

そんなサラの後ろからテッドの悲鳴があがった。

「うわーっ！　何をする！」

「早くクリスに会いたいんだろ？」

笑みを含んだ声はアレンのものだ。

地面に着いてから急いで振り返ると、サラはぽかんと口を開けてしまった。息も絶え絶えなテッドの腰をアレンが支えている。どうやらテッドを抱えて門の上から飛び降りたらしい。

「ハハハ。お前の慌てた声、気分がすっきりするな」

「ちくしょう。アレンお前、俺より大きいじゃねえか！」

運ばれたことより、そっちのほうがテッドは悔しいらしい。

「テッド」

「は、はい。クリス様！」

テッドに呼びかけたクリスは、今のことがまるでなかったかのような顔だ。だがテッドの返事にかすかに眉をひそめた。

「もう私はギルド長ではない。クリスと呼べと、また言わなければならないのか」

「すみません。クリスさ、クリス」

「それでいい。さあ、タイリクリクガメを追いながら近況を聞く。馬車に乗れ」

「近況？　お、俺のですか？」

今度はクリスははっきりと眉をひそめた。

「ローザのだ。次期町長なのだろう」

「は、はい！」

後ろは後ろで任せればいい。

サラはいつの間にか降りてきていたハルトやブラッドリー、そしてネリーやアレンと共に、タイリクリクガメを追いかけて東の草原を駆けた。

「わあ、遠くにワタヒツジの群れがいる！」

「俺たちが巻き込まれたときよりだいぶ小さい群れだな」

ネリーを追いかけて歩き通したとき、アレンを助けようと夜を駆けたとき、東の草原はサラにとっては敵だった。だが今は違う。

ツノウサギは変わらず攻撃を仕掛けてくるが、もうサラが怯(おび)えることはない。

魔の山からは果てしなく遠いと思ったローザまでの道のりも、今となってはあっという間に駆け通すことができる。

いつの間にか、タイリクリクガメの前には、魔の山が高くそびえていた。

「ガウッ」

「ガウッ」

「高山オオカミ？」

サラが魔の山に向けていた視線をはっと地面に落とすと、そこには高山オオカミと戦うハンターたちがいた。

タイリクリクガメを見て驚いているが、それでもゆったりと観賞している暇などまるでない。

「クンツ！」

アレンが大きな声で呼びかけると、疲れて情けない顔をしたクンツが振り返った。

「アレン！」

「クンツ！　よそ見をするな！」

「はいぃ！」

ほっとしたようにアレンを呼ぶクンツを、ギルド長が叱りつけている。

そのギルド長の顔が珍しく厳しい。

それもそのはず、魔の山でもめったに見なかったほどたくさんの高山オオカミが群れになってハンターたちに襲いかかっているのだ。疲れ果てたハンターの中には、街道の結界の中で座り込んでいる者さえいる。強者揃い（つわものぞろ）のローザのハンターにしては珍しいことだ。

久しぶりに見る高山オオカミは、管理小屋の周りで見た穏やかな姿など嘘のように荒々しい。それでも、サラにとってはペットのようなものだ。

「どうせタイリクリクガメのところではバリアは消えてしまうけど、それ以外ではちゃんと有効なはず。魔の山仕込みのバリア、ここで生かさなくてどうする、だね」

サラは決意すると立ち止まった。

「皆さん、引いてください！　私がオオカミを囲い込みます！」

ハンターたちからは、あれは誰だという気配がするが、ギルド長はさっと片手を上げた。

「街道まで、全員撤退！」

ローザの町が、街道の結界を直してくれていてよかったと思いながら、サラはハンターたちとは逆に前に歩き始める。

自分にかけたバリアはそのままに、追い込み漁のようにもう一つのバリアをぱあっと広げた。

その広げたバリアをハンターたちが通り抜けていく。

「ハンターはよし、でも、オオカミはだめ。こっちの側には、オオカミはいらない」

「ガウッ！」

「キャウン」

ハンターを追いかけていたオオカミたちが、次々とサラのバリアにぶつかっては弾かれていく。

サラはタイリクリクガメの後を追うように歩くので、オオカミたちはバリアに追い立てられるようにタイリクリクガメと並走するしかない。

その姿はまるでタイリクリクガメを守る騎士のようにも見える。そしてそれを追うサラこそが、タイリクリクガメと高山オオカミを魔の山に追い込んでいるように見えた。

「あれが、伝説の……」

「ああ。魔物使い……」

「違うから」

余計な感想を言っているハンターたちにサラの反論は聞こえただろうか。

ずっと止まることなく歩き続けていたタイリクリクガメは、やがて魔の山の入り口で静かに止まると、パカリと口を開いた。

「ピュイ！　ピュイ！」

「かわいすぎ！　そんな声なの？」

タイリクリクガメは、大きく二回鳴き声をあげると、静かに魔の山に一歩を踏み入れた。

ズシン。

二歩、三歩。

ズシン、ズシン、と。

まるで魔の山の入り口には結界などないかのように歩き去っていく。

腕を組んでその様子を見守っていたギルド長が口を開いた。

「ヴィンス。後始末は頼んだぞ」

「ジェイ。どうするんだ」

「見届ける。しばらく帰らないかもしれない」

「わかった。後は任せろ」

どうやらギルド長が後を追うようだ。

「私も行く。魔の山には詳しいからな」

「ネフェルタリ。正直助かる」

「僕も行きます」

とつぜん響いた少年の声に全員が振り向いた。

ノエルだ。

だが、ネリーは首を横に振った。

「騎士隊ですらたどり着けない魔境だ。お前の役割はここまで。よく付いてきた」

ノエルは高山オオカミの群れを見てうなだれた。さっきハンターに襲いかかっていたのを思い出して、自分にはとても無理だと思ったのだろう。素直に頷いた。

「はい……」

「私も見届けよう。魔の山の現管理人は私だからな」

ブラッドリーも手を挙げる。

「俺も行ってくるよ」

「うん。気をつけて」

当然アレンも行くらしいので、サラは心を込めて応援することにする。

「サラじゃなくて、俺に許可を求めてくれない？　俺がギルド長なんだけど」

ぶつぶつ言うギルド長に、アレンは笑って許可を求めている。

これは依頼ではないし、ノエルのような力のない者にはできない仕事だ。だが、誰かに言われなくても、やりたいこともやるべきことも、自分から進んでする。アレンはそういう人に成長したんだと思うと、サラの胸は誇りでいっぱいになるような気がするのだ。

こうしてジェイ、ネリー、ブラッドリー、そしてアレンの四人は、タイリクリクガメを追って魔の山に消えていった。

「キューン」

「キューン」

感傷に浸る間もなく、高山オオカミたちの情けない声がする。

魔の山に帰りたいのに、まるでサラのバリアがあるかのように、入り口の結界に弾かれているのだ。

「なんだと。もう魔の山の入り口の結界が復活したってのか。いや、そりゃありがたいけどよ」

ヴィンスが頭をガシガシとかいている。

「じゃあ、魔物使いのお嬢ちゃんが抑えてくれてる間に、俺たちがやっつけますかね」

休んでいたハンターたちが次々と立ち上がった。

「待って。待ってください。あと魔物使いじゃありませんから」

サラとて、魔物は倒すべきものだとわかってはいる。だが、魔の山の入り口の結界があいまいになったせいで、ふらりと迷い出てきてしまった高山オオカミを倒すのは忍びないと思ってしまったのだ。決してペットだからとか、かわいがっていたからとかではない。

「私が、オオカミたちを魔の山に連れていきます」

ダンジョンの入り口の結界は魔物を弾く。だが、魔物がサラのバリアに守られていたらどうだろうか。

「さあ、行くよ」

「ガウッ」

「ガウッ」

オオカミたちは、サラのやりたいことがわかったのか、おとなしく付いてくる。もっとも、サラのバリアに追い立てられているだけかもしれなかった。

サラは魔の山の入り口で立ち止まった。本当にサラのバリアが効くかどうかは、やってみなければわからない。

サラが一歩進むと、サラのバリアも動く。

後ろも振り返らずに、のしのしといつか来た道を上っていく。振り返ると、サラの後ろには、数十頭の高山オオカミが付き従っているかのように見えた。

「ガウッ」

「違うよね、本当は食べたいと思っているんだよね」

サラはオオカミの開いた口とよだれを見ながらひとりつぶやく。そしてそっとオオカミを閉じ込めていたバリアをほどいた。

「さ、魔の山へおかえり」

「ガウ?」

「ガウ?」

一頭がサラを大回りして追い越すと、もう自由だと気がついたのか、オオカミたちは次々と魔の山に駆け上っていった。最後の一頭がサラの横を通り過ぎていくと、サラは大きく息を吐いた。

「今と逆のことをすれば、ダンジョンから生きた魔物を連れ出せるわけね。ほんと万能だわ、私の

バリア」

オオカミたちを山に返したことにほっとしたサラは、とてとてと山を下り、皆のもとへと戻った。

「無事送り届けてきました」

報告するサラに、ヴィンスが山を見ろと指さした。

「え？」

振り返るとそこには、先ほど山の上に駆け上っていったはずのオオカミたちが勢揃(せいぞろ)いしていた。

ただし、入り口の結界のところにとどまっている。

「ガウー」

「ガウー」

「ウー」

「ガウッ」

まるでサラに挨拶するかのように、高山オオカミの遠吠(とおぼ)えが響き渡る。

「ガウ」

「ガウ」

そうしてオオカミは一頭また一頭と山へ帰っていくのだった。

「やっぱり魔物使い」

「違うから」

こうして、ハイドレンジアから始まったタイリクリクガメの騒動は幕を閉じたのだった。

そのタイリクリクガメを追っていった四人が戻ってきたのはそれから一週間後だった。

その間クンツはといえば、ハルトと一緒に喜々としてダンジョンに潜っていたし、サラはといえば、

「ポーション三つですね」

と、なぜかギルドの売り子をやらされているのである。

「おかしいよね。私、薬師なんだけど。ノエルだって薬師ギルドにいるのに、なんで私はハンターギルドの売店で売り子をしているんだろ。まあ、ジャガイモは剥かずに済んでいるけれども」

ぶつぶつ言いながらも、手早く品物をさばいていく。タイリクリクガメの騒動と魔の山の魔物が東の草原に出てきた一件により、ハンターたちはダンジョンに十分に潜れていなかったので、ハンターギルドは今とても賑わっている。

「仕方ねえだろ、万年人手不足なんだからさあ」

ヴィンスが無精ひげをざらりと撫でながらぼやいているが、ぼやきたいのはサラのほうである。

「それに、正直あそこの薬師ギルドには行きたくねえだろ」

「それは、まあ」

今はテッドとは和解したから、テッド自身についてはなんとも思わなくなったが、ローザの薬師ギルドには、当時テッドが理不尽なことをしても、誰も助けてくれなかったという記憶が残っていてなんとなく行きたくない。ヴィンスはそれをわかってくれていたようだ。

「クリスにとっては古巣だし、ノエルとやらもなんのわだかまりもなさそうだけど、お前はいろいろあったからな。そうそう、あいつリアムの弟なんだって？　そっくりで笑っちゃうよな」

そんなふうに楽しく過ごしていたら、ギルドの入り口からざわざわした気配がした。

「おう、ジェイ。お疲れさん」

魔の山に行って一週間も帰ってこなかったギルド長を迎えるには軽い調子でヴィンスが片手を上げる。ということは当然ネリーとアレンもいるはずだ。サラは期待を込めて入り口に振り向こうとした。

「サラ！」

「ぎえ」

だが振り向く前にぎゅっとネリーに抱き込まれてしまった。

「もう、ネリーったら。私もう一五歳なんだよ。子どもじゃないんだから」

「サラ、顔がだらしねえぞ。ニヤニヤしやがって」

ヴィンスが余計なことを言っているが、お互いタイリクリクガメ絡みで仕事があって、一週間どころではなく離れ離れで過ごしていたのだ。顔がにやけてしまうのは仕方がないと思うサラである。

「サラ、聞いてくれ」

珍しくネリーが渋い顔をしている。

「どうしたの？」

「あいつらが、サラの弁当を食べ尽くしてしまったんだ」

「へ？」

サラは予想もしなかったことを言われてぽかんと口を開けた。

「しょうがねえだろ？　余分に一週間も仕事をするとは思わねえだろうが。なにか？　俺に魔の山の魔物の肉だけを食ってろっていうのかよ」

サラは気まずそうなギルド長の言葉にもぽかんと口を開けた。

「いえ、あの。普通収納ポーチには、少なくとも一ヶ月分の食料は入ってますよね。ネリーだってそうだし」

ギルド長が腕を組んでわかっていないなという顔をしたので、サラはちょっとイラッとした。

「ハンターなら、収納袋にそんな隙間があったら魔物を入れて帰るものだろ」

「どこかで聞いたことあるな」

ネリーが最初の頃そうだった気がする。だがネリーは心外だという顔だ。

「私だって普段は大切なサラの弁当をちゃんと持ってる。だが、ハイドレンジアからこっち、サラとはすれ違いばかりで」

「そういえば全然補給できてなかったよね！」

サラは気がつかなかった自分を反省した。

「それなのに、ジェイもブラッドリーも遠慮なく食べるし、うまいからってお代わりまでするし」

「ごちそうさまでした。おいしかったです」

ブラッドリーも礼を言うと、ちょっと気まずそうに横を向く。

「よしよし」

サラはネリーの頭を撫でてあげた。

「私がまだ三ヶ月分持ってるから。後でちゃんと戻してあげる」

「ほんとか！」

途端にニコニコしたネリーだが、気がつくとギルドの中は静まり返っていた。

「赤の女神って、あんな奴だったんだ……」

「意外だ……」

「おれ、ちょっとかわいいって思った……」

あちこちでネリーをちらちら見ながらぼそぼそとささやく声がする。

そうだ、ネリーはかわいくてかわいい人なのだ。

サラはふんと胸を張った。

「いや問題は弁当じゃなくてさ」

ヴィンスが話を本題に引き戻してくれた。

「タイリクリクガメがどうなったかなんだよ」

こんなところではなんだからと、薬師ギルドにも使いを出して、クリスとノエルも呼び出すことにした。集まったのは懐かしのギルド長室だ。なぜかテッドもいる。

「タイリクリクガメだがな」

ギルド長が椅子にそっくり返って偉そうに話し始めた。

「谷間の淵に消えた」

「消えただあ？」

あまりにも簡潔な説明に、ヴィンスの突っ込みが鋭い。

「サラなら場所は知っているはずだ。ゴールデントラウトをよく獲りに行った、あの」

「あそこね！」

ネリーの説明にサラはすぐにピンときた。上流からの水がたまった、いかにも主がいそうな大きな淵だ。

「でも、正直タイリクリクガメが入れるほど大きくも深くもない気がするんだけど」

「それがすっぽり入っていなくなってしまったんだ」

ネリーはそう言うと、収納ポーチからゴールデントラウトをぽいぽいっとテーブルに出した。

「カメに追いやられたのか、ゴールデントラウトが飛び出てきて獲り放題だったが。サラが喜ぶと思って持ってきた」

「ありがとう！　嬉しい」

「そこ、俺のテーブルね。出したら魚臭くなっちゃうじゃん」

「おいネフェルタリ、何匹なら売る気がある？」

ギルド長がぶつぶつ言っているが、ヴィンスはかまわずネリーと買い取りの交渉を始めようとしている。が、すぐに我に返った。

「おっとそんな場合じゃなかった。じゃあ、消滅場所までわかって、万々歳ってとこか？」

詳しい話はあとで聞き取って報告書にするということになったら、ノエルがその場に同席させてくださいと目を輝かせていたのが微笑ましかった。

「じゃあ、とりあえず解散だな。お、ネフェルタリ。まだ何か出すものがあるのか？」

ヴィンスの言葉に思わずサラもネリーの手元を見てしまった。

食べ物ならまずサラに渡すはずだから、そうではない何かである。

「クリス。これ」

「ギンリュウセンソウ！　やはり魔の山にはあったか！」

「ああ。魔の山にいたとき、見かけたような気はしていたんだが自信がなくてな」

クリスは大事そうにギンリュウセンソウの束を受け取ると、そのままテッドに手渡す。

「これがギンリュウセンソウですか。竜の忌避薬の」

「そうだ。魔の山にあるということは、魔物の分布が似ているローザのダンジョンにもある可能性が高い」

「わかりました。ハンターに依頼を出して、ローザでもギンリュウセンソウを集められるようにしておきます」

師匠のクリスにただ甘えていただけのテッドが、成長したものだとサラは温かい目で見守った。

「いずれローザからも、竜の忌避薬を学ぶ薬師をハイドレンジアに派遣してくれ」

「え、それって俺でも……」

「力のある薬師なら誰でもかまわない」

無表情で言い切るクリスだが、テッドが来ることを断りはしなかった。サラと同じように、テッドの成長に考えるところがあったのだろう。

その様子をサラと同じように見守っていたネリーが、うーんと伸びをした。

「では、報告書をまとめたら、私たちはハイドレンジアに帰るか」

「うん！」

元気よく返事をするサラを見て、ヴィンスがあーあと椅子に寄りかかった。

「帰る、か。ハイドレンジアがお前の家になっちまったんだな」

「ああ。私も今はお前と同じ副ギルド長だからな」

「そうだった。俺もこうしちゃいられねえか？」

「俺の地位を狙うなよ？　ギルド長は譲らないからな」

笑い声があふれる中、ギルド長も穏やかな顔で椅子に寄りかかった。

「そういえばさあ、ネフェルタリの魚を買い取らなくても、俺も獲ってきたぜ。っていうか拾ってきたんだけどな」

「今すぐ出せ」

せっかちなヴィンスにガハハと笑うギルド長だが、収納袋に手を当てて様子もなくニヤリとした。

「なあ、何百年に一度の天災を乗り越えたんだからさあ、獲ってきたゴールデントラウトをメインディッシュにしてさ、打ち上げでもやらないか」

「打ち上げだあ？　ゴールデントラウトをそんなことに使っていいと思ってんのか？」

目をすがめるヴィンスに、ギルド長はわくわくした少年のような目を向けた。

「打ち上げ自体はいいってことだよな？」

「ああ、うん。ゴホン」

ヴィンスはちょっと気まずげに咳払いをすると、頷いた。

「いいんじゃねえか。だが、王都に出す分のゴールデントラウトは残しとけよ」

「よし！　宴会だ！」

それから、ギルドを会場にして、打ち上げの準備が始まった。

「サラ、芋剥きだ」

「やっぱりですか」

サラもタイリクリクガメを無事魔の山に送り届けた主役の一人だと思うのだが、ローザではそれほど活躍が目立たなかったのが悔やまれる。料理長のマイズに食堂の厨房に連行されようとしているサラのもとに、ノエルが走ってきた。

「僕も手伝います」

「なんだ、お前」

マイズが腕を組んでノエルを見下ろした。

「ノエル・ヒルズといいます。ハイドレンジアで薬師をやっています」

「そうか、お前もハイドレンジア組か。待てよ。ヒルズ、ヒルズ……。お前、その顔、あの残念騎士様の身内か！」

驚いた後、笑いをこらえているマイズの姿に、サラはハラハラして両手を胸の前でパタパタ動かしてしまった。

なにしろ、残念騎士のリアムは宰相家の二男で、ノエルは三男なのだから。マイズが不敬に問われてしまったら困るのである。

「兄さんはいったい何をしたんでしょうか。確かに前向きすぎるし、多少人の話を聞かないことはありますが、王都では評判がいいんですよ。不思議です」

ノエルは素直に首を傾げた。ローザでサラたちがリアムに絡まれた事件は、薬師ギルドとは関係のないことだから、聞いていないのかもしれない。

そういえば、なぜリアムとの婚約を断ったのか、ノエルには話していなかった。リアムから聞いているとはとても思えないしとサラが思い巡らせていると、後ろからアレンの声がした。

「あいつ、俺たちをローザからさらっていこうとしたんだぜ」

「え？　兄さんがですか？」

さらうなどという不穏な言葉に、ノエルも驚いている。

「ああ。保護者なしで力のある子どもがローザにいるのが心配だからってさ。俺たち別に何も困っていなかったのにしつこくて、撃退するのが大変だったんだよ」

「撃退って、まるで害虫かなにかみたいに」

「ワハハ！　お前、気に入った。芋を剥かせてやる」

マイズは大声で笑うと、ノエルの肩をがっしりとつかんだ。

「俺も行くよ。まだ酒は飲めないしな」

アレンの言うとおり、大人のハンターたちは、宴が始まってもいないのにもう酒を飲み始めている。若いハンターがいたら絡まれてしまいそうだ。

そうしてサラは、意外と器用に芋を剥く二人と、厨房で肩を並べることになった。

「そういえば、ちゃんと聞いてなかったけど、タイリクリクガメ、本当に沢の淵に沈んでいったの？」

サラはアレンに聞いてみた。ネリーはいつも要点しか話さないから、詳しいことはまだ誰にも聞いていないのだ。

「僕も聞きたいです。実際にそばにいたアレンはどう感じたのかなって」

「そうだな。本当に淵に沈んでいったよ。というより、まるでダンジョンの壁を通り抜けたときみたいな感じで。水面からそのままいなくなったみたいに見えたんだ」

それなのにゴールデントラウトが飛び出してきたのかと、サラは不思議に思ったが、雷撃の時みたいに、何か衝撃があったのかもしれないと思い直した。

「付いていって思ったのはさ。まず、街道って、本当に進みやすいところに作られているんだなってこと」

「そこ？」

思わず突っ込んでしまうサラである。

「だってさ。道のないところに分け入る覚悟で魔の山に入っただろう。道を歩いていてもハガネアルマジロが転がってきて、高山オオカミに襲われるのが魔の山だから、今度はどんな魔物に襲われ

るんだろうってちょっと怖かったんだ」

「アレンならワクワクするって言うのかと思ってた」

アレンは笑って首を横に振った。

「俺が慎重派だっていうのはサラも知ってるだろ」

アレンは今回の件では、気を失ったままでもタイリククリクガメに張り付いていた勇者だが、そもそもローザにいたときは、名誉より命や生活を重んじる慎重派だったことをサラは思い出した。

「そういえばそうだね。タイリククリクガメで無茶したからちょっと忘れてたよ」

「あれは確かに無茶だったよな」

本人も笑い飛ばす始末である。

「それでな、なんでそう思ったかっていうと、タイリククリクガメはちゃんと街道に沿って進んでいったからなんだ」

「律義だな？　いや、そうじゃないね。進みやすい道が街道ってことね」

サラは自分で出した疑問をすぐに自分で解決した。

「管理小屋の近くまで来て、あわやというところで例のゴールデントラウトの淵のほうにずれた。その時はなぜかはわからなかったけどな」

「そうなんだ。大変だったね」

「いや？　俺たち皆、あいつの上に乗ってたからな。基本大変じゃなかった」

サラは心配していたのでちょっと損をした気持ちになった。

「でもまあ、クンツとかノエルとかは無理だっただろうな」

「どうしてですか？」

ノエルがむっとした顔をする。

「魔力の圧がすごく強くなっていたからだよ。ほら、こんなふうに」

アレンが普段は抑えている魔力の圧を解放した、らしい。サラにはよくわからないのだが。

「アレン、やめろ。厨房から追い出すぞ」

マイズの低い声が響いた。顔を上げると厨房の皆が渋い顔をしてこちらを見ている。

「こ、これが圧ですね。確かに苦しいかも」

「だろ？」

アレンはすまないというようにぴょこりと頭を下げると圧を引っ込めた。

「俺は、ハイドレンジアのダンジョンと、王都の手前、そしてローザの手前と、三回あいつの甲羅の上に乗ったんだ。そして魔の山が四回目」

まるで乗り物か遊園地のアトラクションみたいな言い方だが、タイリクリクガメは天災といわれるほどの魔物である。厨房の皆が、手を動かしながらもあきれたようにアレンを見ているのももっともだと思う。

「だから、わかるんだ。サラ」

アレンは芋を剥く手を止めず、サラに話しかけた。

「魔の山に入るまで、カメの魔力の圧は増すばかりだった。最後のほうは、ネリーでもつらかったと思う。それでも、身体強化で付いていくのに飽き飽きしていたから、やっぱり甲羅に乗ってたんだけどな」

ネリーやアレンでも身体強化に飽きることがあるんだなあとサラは笑い出しそうになる。

「それがさ、魔の山ではそうでもなかったんだ。というより、まるで魔力がどんどん抜けていくようでさ。最後はハイドレンジアのダンジョンで甲羅に乗ったときと同じくらいになった気がする」

ノエルは慎重に芋剥きをしながらも、メモに残したいという顔である。

「ダンジョンからダンジョンに魔力を移したってことかなあ。ついでに道中でも魔力を吸い込んで」

「それはそれで疑問が残るよな。なんで南から北へ移動するんだろうな」

「ほんとだよ」

サラはサラで、あの女神はなぜそんな面倒なことをするのだろうと思うが、サラたちを招くのと、面倒具合は同じくらいかもしれない。

「魔力を吸って使えるのが招かれ人だから、ちょっと似てるかも」

「サラもある意味、天災級だもんな」

「失礼でしょ」

アレンの言葉に、サラがぷんすかしたとしても仕方がないだろう。

「サラはいい意味での天災だよ」

「災って入っている時点で褒め言葉じゃないからね」

ふくれっ面(つら)のサラに、厨房の奥からマイズの声が聞こえてきた。

「あー、天災とかなんとか、そんな大きいことじゃなくて。サラはそこにいるだけでいい。助かるし、なによりなごむ」

「え、マイズ。私やっぱり役に立ってますよね！　ほら、アレン」

サラはニヤニヤしてアレンを肘でつつくと、うきうきと声を弾ませた。

「やっぱりローザもいいかも」

「じゃあ、俺もローザでいい」

「え？」

すっかりハイドレンジアに馴染んでいたアレンがそんなことを言うとは思わなかったサラは、驚いて口を閉じてしまった。微妙な沈黙が厨房に落ちる。

「あああ、お前らもう芋剥きはいいから、宴会の手伝いに行っちまえ！」

芋剥きをしろと言ったり、行っちまえと言ったり、マイズも勝手である。

「そうですよ、いい雰囲気になっている場合ではないです。徹底的に邪魔しますよ、僕は。とりあえずアレンはメモを取るのに付き合ってください」

ノエルは苦笑するアレンをグイグイと引っ張ると、サラを残してどこかに行ってしまった。

「え、待って。私は？」

「やっぱり芋剥きだな」

「理不尽」

サラは一人で座り直すと、芋を一つ手に取り、アレンの言ったことを改めて思い返してみた。

タイリクリクガメがどういう役割を持っているのか、どうしてその時だけ結界が緩むのかはわからない。けれども、定期的に招かれ人を呼ぶだけでは足りないほど、この世界は魔力にあふれているのかもしれない。

「いや、逆かな。タイリクリクガメでは吸い切れない魔力分だけ、招かれ人を呼ぶのかもしれないな」

だからといって、もう女神と話す機会などないから、永遠に謎ではあるのだが、次にタイリクリクガメが南部から出てきたら、今回の騎士隊みたいな無茶はしないでほしいと願う。

顔を上げれば、マイズがゴールデントラウトをさばいている。サラがハンターギルドの身分証を取ろうとして頑張っていたあの時に戻ったような気がした。

「本当は、皆にくっついて管理小屋まで行ってみたかったけれど」

きっと今でも、高山オオカミたちが日なたでのんびり寝そべり、隙あらば管理小屋の住人を食べようとしているのだろう。

「でも、ちょっとだけ会えたからいいや」

高山オオカミは、思い出の中だけでいい。

サラはそっとつぶやいた。

「オオカミは、いらない」

「サラ！　こっちも手伝ってくれよ！」

ヴィンスの声が厨房まで届く。

「マイズ」

「しょうがねえ。行ってこい。それから」

マイズの常にない優しい声に、サラは思わず振り向いた。

「いつでもここで雇うから。何かあったら、ローザに戻ってこい」

返事をしようとしたサラだが、何か熱いものが込み上げてきて、ただ大きく頷くことしかできなかった。

「サラ！」

今度はネリーの声がする。

今日が最後ではない。ローザにでもどこにでも、サラが行こうと思えばいつでも行けるのだ。

今はただ、事件の後の平穏を仲間と楽しもう。

「はーい」

サラは厨房からゆっくりと一歩、踏み出した。

転生少女はまず一歩からはじめたい ～魔物がいるとか聞いてない!～ 6

2023年4月25日　初版第一刷発行

著者　カヤ
発行者　山下直久
発行　株式会社KADOKAWA
〒102-8177　東京都千代田区富士見2-13-3
0570-002-301（ナビダイヤル）
印刷・製本　株式会社広済堂ネクスト

ISBN 978-4-04-682417-2 C0093

企画　株式会社フロンティアワークス
担当編集　依田大輔／河口紘美／齋藤 傑（株式会社フロンティアワークス）
ブックデザイン　AFTERGLOW
デザインフォーマット　ragtime
イラスト　那流

本シリーズは「小説家になろう」（https://syosetu.com/）初出の作品を加筆の上書籍化したものです。

ファンレター、作品のご感想をお待ちしています

宛先
〒102-0071　東京都千代田区富士見2-13-12
株式会社 KADOKAWA　MFブックス編集部気付
「カヤ先生」係「那流先生」係

二次元コードまたはURLをご利用の上
右記のパスワードを入力してアンケートにご協力ください。

https://kdq.jp/mfb
パスワード
bsbnk

● PC・スマートフォンにも対応しております（一部対応していない機種もございます）。
●アンケートにご協力頂きますと、作者書き下ろしの「こぼれ話」がWEBで読めます。
●サイトにアクセスする際や、登録・メール送信時にかかる通信費はご負担ください。
● 2023年4月時点の情報です。やむを得ない事情により公開を中断・終了する場合があります。

祝 コミカライズ!!!

©岡村アユム／マッグガーデン

『転生少女はまず一歩からはじめたい』のコミカライズが「MAGCOMI」にて

好評連載中!!!

漫画：岡村アユム

コミックスも大好評発売中!!

著：カヤ

キャラクター原案：

「こぼれ話」の内容は、
あとがきだったり
ショートストーリーだったり、
タイトルによってさまざまです。
読んでみてのお楽しみ！

アンケートに答えて著者書き下ろし「こぼれ話」を読もう！

よりよい本作りのため、
読者の皆様のご意見を参考にさせて頂きたく、
アンケートを実施しております。

奥付掲載の二次元コード（またはURL）にお手持ちの端末でアクセス。

↓

奥付掲載のパスワードを入力すると、アンケートページが開きます。

↓

アンケートにご協力頂きますと、著者書き下ろしの「こぼれ話」がWEBで読めます。

- PC・スマートフォンに対応しております（一部対応していない機種もございます）。
- サイトにアクセスする際や、登録・メール送信時にかかる通信費はご負担ください。
- やむを得ない事情により公開を中断・終了する場合があります。